마음을 비우시게
온갖 근심 사라지네

고승열전 6 의상대사

마음을 비우시게
온갖 근심 사라지네

윤청광 지음

우리출판사

윤 청 광

전남 영암 출생으로 동국대학교에서 영문학을 전공했고, MBC-TV 개국기념작품 공모에 소설 〈末島〉가 당선되었으며, MBC에서 〈오발탄〉〈신문고〉〈세계 속의 한국인〉 등을 집필했다. 그 동안 대한출판문화협회 상무이사·부회장·저작권대책위원장·한국방송작가협회 이사·감사·방송위원회 심의위원을 역임했고, 〈불교신문〉 논설위원을 거쳐 현재 〈법보신문〉 논설위원, 법정스님이 제창한 〈맑고 향기롭게 살아가기 운동〉 본부장, 출판연구소 이사장을 맡아 활동하고 있다. BBS 불교방송을 통해 〈고승열전〉을 장기간 집필했고, ≪불교를 알면 평생이 즐겁다≫ ≪불경과 성경 왜 이렇게 같을까≫ ≪회색 고무신≫ 등의 저서가 있으며, 기업체·단체 연수회에 초빙되어 특강을 통해 '더불어 사는 세상' 을 가꾸고 있다.

BBS 인기방송프로 고승열전 6 의상대사
마음을 비우시게 온갖 근심 사라지네

2002년 10월 23일 개정판 1쇄 인쇄
2007년 6월 15일 개정판 2쇄 발행

지은이/윤청광
펴낸이/김동금
펴낸곳/우리출판사
등록/1988년 1월 21일 제9-139호
주소/120-013 서울특별시 서대문구 충정로 3가 1-38
전화/(02)313-5047, 5056
팩스/(02)393-9696
E-mail/woribook@chollian.net

ISBN 89-7561-177-9   03810

책값은 뒷표지에 있습니다.

· 지은이와 협의하여 인지를 붙이지 않습니다.
· 잘못된 책은 본사나 구입하신 서점에서 바꾸어 드립니다.

의상대사 영정

華嚴一乘法界圖

法性圓融無二相　諸法不動本來寂
無名無相絶一切　證智所知非餘境
真性甚深極微妙　不守自性隨緣成
一中一切多中一　一即一切多即一
一微塵中含十方　一切塵中亦如是
無量遠劫即一念　一念即是無量劫
九世十世互相即　仍不雜亂隔別成
初發心時便正覺　生死涅槃常共和
理事冥然無分別　十佛普賢大人境
能仁海印三昧中　繁出如意不思議
雨寶益生滿虛空　衆生隨器得利益
是故行者還本際　叵息妄想必不得
無緣善巧捉如意　歸家隨分得資糧
以陀羅尼無盡寶　莊嚴法界實寶殿
窮坐實際中道床　舊來不動名爲佛

화엄일승법계도

'법의 성품 둥글둥글
두 모습 없어
티끌조차 꼼짝없이
본래 고요하네.
이름도 형상도
다 끊었으니
부딪쳐서 알아야지
다른 도리 없네.

그 진리 매우 깊고
미묘할세라
제자리 안 지키고
인연 따라서
하나가 전체요
전체가 하나이니
작은 티끌 속에
세계를 삼켰네.'

* 「화엄일승법계도」에서

차례

1
부처님 법을 찾아 당나라로 / 15
2
좋은 인연을 만들어라 / 32
3
연꽃을 보고 배우시오 / 50
4
극락도 지옥도 마음 속에 있으니 / 66
5
무거운 엽전을 제발 가져 가시오 / 84
6
과일 맛을 제대로 보셨네 / 94
7
찰나가 영겁이요, 영겁이 곧 찰나 / 113
8
화엄의 도리를 글로 전하게 / 123
9
저 혼자 만들어진 것은 없네 / 133

10
장독 구경만 하지 말고 장맛을 보시게 / 143

11
선묘 설화 / 154

12
낙산사와 홍련암 / 169

13
부석사를 창건하다 / 182

14
너는 이제 내 제자니라 / 191

15
이제 그만 굴레에서 벗어나거라 / 207

16
모두 다 으뜸이니라 / 216

17
상소문을 올리다 / 232

18
당나라에서 온 서찰 / 249

1
부처님 법을 찾아 당나라로

때는 지금으로부터 천 3백 4십여년 전인 신라 제 28대 진덕여왕 4년 여름의 일이다.

옛날에는 지금의 경기도 화성군 발안 부근의 서해안 포구를 당나라로 가는 길이라 해서 당 주계라고 부르기도 하고 당포라 부르기도 하고, 당항이라 부르기도 했었다.

마침 해질녘이라 서쪽 바다에 황금빛 노을이 번져가고 있었다.

바로 그때 지칠대로 지친 웬 젊은 스님 한 분이 포구에 나타났다.

그 스님은 아주 먼 길을 걸어온 듯 먹물 옷이 온통 땀에 젖어 있었고, 등에 짊어진 바랑도 아주 무거워 보였다.

젊은 스님은 포구에 당도하자 바다를 바라보면서 바닷바람으로 땀을 식힌 뒤에 포구 근처에 있는 객주집을 향해 무거운 발걸음을 천천히 옮기는 것이었다.
 객주집 앞에서 발걸음을 멈춘 젊은 스님은 힘없는 목소리로 주인을 불렀다.
 "저, 주인 어른 계시온지요?"
 객주집에서 급히 뛰어나온 아낙이 젊은 스님을 보고는 깜짝 놀랐다.
 "아이구, 이거 스님이 아니시옵니까?"
 "아, 예."
 "아이구, 이 멀고 한적한 갯마을까지 탁발을 나오셨습니까?"
 "아, 아닙니다. 소승은 탁발을 나온 게 아니오라······."
 객주집 아낙은 스님의 말씀에 고개를 갸우뚱하며 다시 물었다.
 "그러시면 무슨 다른 볼 일이라도 있으시단 말씀이신지······?"
 젊은 스님은 객주집 아낙이 궁금해 하는 것에는 아랑곳하지 않고 객주집 안을 들여다 보았다.
 잠시후 젊은 스님은 쉰 목소리로 힘없이 말하는 것이었다.
 "우선 물 한 그릇 얻어 마실 수 있을런지요?"
 "아이구, 그러문입쇼. 아, 목마른 사람에게 물 한 그릇 대접하는 것도 급수공덕이라고 그랬는데······."
 객주집 아낙은 얼른 들어가서 대접에다 물을 가득 담아서 들고 나왔다.

"자, 여기 있습니다요."

"고맙습니다."

젊은 스님은 객주집 아낙이 건네주는 물 한 그릇을 숨도 쉬지 않고 급히 벌컥벌컥 마시는 것이었다.

물끄러미 그 모습을 지켜보던 객주집 아낙이 혀를 끌끌 찼다.

"급할수록 천천히 드십시오. 물에 체하면 약도 없다고 그랬습니다요."

물을 다 마신 젊은 스님은 길게 한숨을 토해냈다.

"……이거 정말 잘 마셨습니다."

젊은 스님을 자세히 훑어보던 객주집 아낙이 조심스레 물었다.

"보아하니 아주 먼 데서 오신 스님 같으신데, 어디서 오셨습니까요?"

"아, 예. 천 리 길을 걸어왔습니다."

"아이구, 천 리 길이나요? 아니, 그러시면 서라벌에서 오셨습니까요?"

"그렇습니다."

객주집 아낙은 고개를 끄덕이며 젊은 스님 곁으로 바싹 다가갔다.

"혼자서 그 먼 길을 걸어오셨단 말씀이십니까?"

그제서야 젊은 스님은 바랑을 그대로 짊어진 채 힘없이 객주집 마루에 걸터앉았다.
"엊그제까지는 둘이었는데 한 분은 서라벌로 돌아가고 말았지요."
"아, 예. 허시면 이 근처에 무슨 볼 일이라도 있으신 모양이지요?"
객주집 아낙은 아예 젊은 스님의 곁에 자리를 잡고 앉았다.
"예. 당나라로 건너가는 배를 좀 얻어 탈까 하고 왔습니다."
젊은 스님이 당나라로 건너간다고 하자 객주집 아낙의 눈이 반짝 빛났다.
"당나라에 건너가시려구요?"
"예."
"당나라에 건너 가시려면 저기 있는 바로 저 배를 타셔야 할텐데……"
객주집 아낙은 손가락으로 포구 쪽을 가리켰다.
그때까지 힘없이 말하던 젊은 스님이 그말에 깜짝 놀란듯 눈을 크게 떴다.
"어느 배 말씀이십니까?"
"저기 저 바다 가운데 닻줄을 내려놓고 있는 저 배 말씀입니다. 울긋불긋한 깃발을 달아놓은 저 때국선 말입니다요."
"아, 예. 바로 저 배가 당나라로 건너가는 배입니까요?"

객주집 아낙은 고개를 끄덕였다.

"당나라에서 사신인지 육신인지를 싣고 왔다니까 다시 싣고 돌아가겠지요 뭐."

"아, 예. 그렇겠군요. 헌데 언제쯤 돌아간다고 그러던가요?"

"사세한 사정이야 나같은 백성이 어찌 일겠습니까마는 서라벌로 들어간 사신이 돌아오면 떠난다고 그럽디다."

"저, 뱃사람들이 그리 말하더란 말씀이시지요?"

"저 때국선 뱃사람들 말입니다요, 속이 출출해지면 조그마한 종선을 타고 나와서 술을 사 가지고 들어가곤 합니다요."

객주집 아낙의 말에 스님의 눈빛이 반짝 빛났다.

"그러면 여기서 기다리고 있다가 저 뱃사람들을 만나봐도 괜찮겠지요?"

"그거야 스님 마음대로 하십시오마는……. 아이구, 저 때국놈들 말씀도 마십시오."

"……아니, 왜요?"

객주집 아낙은 머리까지 흔들어대며 말했다.

"어찌나 앞뒤가 꽉 막혔는지 바늘로 찔러도 피 한 방울 나오지 않을 사람들입니다요."

객주집 아낙의 말대로 과연 중국 당나라 뱃사람들은 말이 통하지 않았다.

젊은 스님의 사정 얘기를 들은 뱃사람은 귀찮다는 듯이 대꾸하였다.

"무엇이? 우리 배를 타고 우리 당나라로 들어가고 싶다고 했어?"

"그렇습니다."

"그러면 금전이나 가지고 있어해?"

"금전은 없습니다."

"그러면 은전이는 있어해?"

"은전도 없는데요."

중국 뱃사람은 고개를 저었다.

"금전이도 없다해, 은전이도 없다해. 그러면 비단이는 있어해?"

"비단도 가지고 있는 건 없습니다만……."

스님의 대답에 중국 뱃사람은 별 일을 다 보겠다는 표정이었다.

"이 사람 이거 금전이도 없다해, 은전이도 없다해. 그러면 틀렸다. 틀렸어!"

뱃사람은 더 말 할 필요도 없다는 표정을 하고는 고개를 돌리는 것이었다.

젊은 스님이 사정했다.

"제발 그러시지 말고 제 말을 좀 들어주십시오."

"우리 사람이 이거 가진 것 없는 사람은 나으리한테 배를 태워

주자고 말을 할 수가 없다 해."

그 뱃사람에게는 더이상 어찌 해 볼 도리가 없자 젊은 스님은 뱃사람에게 물었다.

"저, 그러면 그 나으리는 언제쯤 오실 건지요?"

"우리 사람이 그선 몰라해. 나으리 오시면 우린 바로 떠날 것이야."

"……알겠습니다. 나으리가 오시면 제가 직접 만나뵙고 말씀을 드리도록 하지요."

젊은 스님은 다시 힘없이 객주집 마루에 걸터앉았다.

서라벌에서 왔다는 젊은 스님은 포구에서 나흘을 기다린 끝에야 겨우 당나라에서 왔다는 사신을 만날 수 있었다.

"그대가 정말로 신라의 승려란 말이신가?"

"그렇사옵니다. 법명은 의상이라 하옵니다."

"의상이라?"

"그렇사옵니다."

"그런데 무슨 일로 우리 당나라로 건너 가려고 그러는가?"

"부처님의 법을 배우러 가려고 그러하옵니다."

의상스님의 말에 당나라 사신은 고개를 갸우뚱거렸다.

"부처님의 법이라면 신라에서 배우면 될 것이지 무슨 까닭으로 우리 당나라로 가려고 그러는 겐가?"

"아시다시피 우리 신라에 부처님의 가르침이 전해진 지가 그리 오래 되지 아니한 까닭으로 우리나라에는 부처님의 가르침을 적어 놓은 불경책이 그리 많지가 않사옵고……."

"부처님의 가르침을 적어놓은 불경책이 많지가 않다?"

"그렇사옵니다. 뿐만 아니오라 귀국 당나라에는 부처님의 나라인 서역국에 다녀오신 스님들이 많으신 덕분으로 가지가지 불경책이 많을 뿐 아니라, 부처님의 가르침을 속속들이 배우고 공부하신 분들이 많다고 들었습니다."

사신은 거만스럽게 고개를 끄덕거렸다.

"그야 그렇지. 장안에만 해도 덕 높은 승려가 수천 명이요, 큰 사찰만 해도 수백 개가 넘으니까……."

"우리 신라에서도 자장율사께서 이미 이십여 년 전에 당나라로 건너가 불경을 구해서 깊고 넓으신 공부를 하셨사온데, 그때 당나라 태종 황제께서도 자장율사를 총애하시어 큰 은혜를 베푸신 일이 있었사옵니다."

사신은 처음 듣는 말이라는 듯 눈을 동그랗게 뜨고는 다시 묻는 것이었다.

"우리나라 태종 황제께서 신라 승려에게 큰 은혜를 베푸신 일이 있으셨단 말이던가?"

 "그렇습니다. 자장율사께서 당나라에 계실 때에 당태종 황제께서 금은보화를 내리시고 승광별원에 머물게 하시는 등, 큰 은혜를 내리셨다 하옵니다."

 "……정말 우리 황제께서 신라 승려에게 은혜를 내리셨단 말이지?"

 "그렇습니다."

 "우리 황제께서 신라 승려를 그토록 아끼셨다면…… 정말 그토록 아끼셨다면 우리 배에 그대를 태워줄 수도 있는 일이기는 하지만……."

 사신의 표정이 조금 누그러지자 의상스님은 기운이 나 말을 이었다.

 "소승이 당나라에 건너가 부처님의 가르침을 제대로 배울 수 있도록 은혜를 베풀어 주시면, 그 은혜는 두고두고 잊지 아니 할 것입니다."

 그러자 사신이 의상스님을 쳐다보며 물었다.

 "그러면 그대가 배를 타고 가면서 먹을 양식은 준비를 해 가지고 왔는가?"

 의상 스님은 그 물음에 난처한 기색이 역력했다.

 "말씀드리기 송구하오나, 준비해온 양식은 천 리 길을 걸어 오느라고 다 먹고 지금은 아무 것도 없습니다."

"허허, 이런 딱한 사람을 보았는가! 여기서 우리 당나라 등주까지는 닷새가 걸릴지 여드레가 걸릴지 모르는 멀고도 먼 뱃길인데, 자기 먹을 양식도 없이 배를 태워 달라는 게 말이나 되는 소린가? 내일 아침 배가 떠날 때까지 양식 한 말을 구해오면 배를 태워줄 것이로되, 양식 한 말을 구해오지 못하면 배를 태워줄 수가 없으니 그리 아시게!"

당나라 사신은 더 이상 할 말이 없다는 듯 돌아서는 것이었다.

그러나 하룻밤 사이에 가난한 갯마을에서 양식 한 말을 구한다는 것은 불가능한 일이었다.

그래서 의상스님은 당나라 사신이 타고 돌아가는 배를 얻어 타는 것을 단념하는 수밖에 없었다.

눈 앞에 당나라로 건너가는 배를 보고도 탈 수 없는 형편인지라 너무 안타깝고 애가 닳아서 그날밤 의상스님은 밤이 늦도록 잠을 이룰 수가 없었다.

의상스님이 이리 뒤척 저리 뒤척 잠들지 못하고 있을 때였다.

방문 밖에서 누군가가 의상스님을 부르는 것이었다.

"스님, 스님. 주무십니까요?"

"아, 아닙니다."

의상스님은 벌떡 일어나서 방문을 열었다.

"소인, 이 객주집 바깥 주인입니다요."

"아, 예. 들어오시지요."
"이거 문을 열어 놓으면 모기가 어찌나 극성을 부리는지 원……."
객주집 주인은 방문을 닫은 후 의상스님 앞으로 다가앉았다.
"스님께서 주무시지 못하고 계실 줄 알았습니다."
"……배를 눈 앞에 두고도 탈 수가 없으니……."
객주집 주인은 스님의 마음을 알고도 남는다는 듯이 고개를 끄덕였다.
"허긴 때국놈들 말도 맞는 말입지요. 닷새가 걸릴지 열흘이 걸릴지 모르는 뱃길인데 양식도 없이 태워줄 수가 있겠습니까요?"
"당나라 땅에 당도할 때까지 물 한 모금 양식 한 톨 먹지 않고 견디겠다고 사정을 해보았습니다만 그것 마저도 거절 당했습니다."
"아, 그러길래 소인이 뭐라고 그랬습니까요? 바늘로 찔러도 피 한 방울 나오지 않을 사람들이라고 안그랬습니까?"
객주집 주인은 잠시 뜸을 들인 뒤에 의상스님의 얼굴을 쳐다보며 나직히 의상스님을 불렀다.
"그런데 말씀입니다요, 스님."
"예."
"스님의 양식 한 말을 소인이 대어 드리겠습니다요."

의상스님은 순간 자신의 귀를 의심하였다. 그리고는 믿기지 않는듯 객주집 주인의 얼굴을 뚫어져라 쳐다보았다.

"예에? 아니, 주인 어른께서 양식 한 말을 대주시겠다구요?"

"듣자하니 부잣집에서는 절간에다 양식을 섬으로도 시주한다고 그러던데, 저라고 양식 한 말쯤이야 시주 못하겠습니까요?"

의상스님은 손을 내저었다.

"아, 아닙니다. 말씀은 고맙습니다만 차마 그런 큰 신세를 어찌 감당할 수 있겠습니까?"

"그러지 마십시오. 소인이 비록 이렇게 객주집 주인 노릇이나 하고는 있습니다마는 그래도 논 세 마지기는 부치고 있습니다요."

"그래도 그렇지요. 소승 차마 그런 큰 신세는 감당 할 수 없으니……"

객주집 주인은 눈을 반짝이며 의상스님에게 다가앉았다.

"그대신 말씀입니다요 스님, 소인의 부탁 한 가지만 들어 주시면 됩니다요."

"……부탁이라니요?"

객주집 주인이 의상스님에게 당나라로 건너갈 양식을 대주겠다고 나서면서 그대신 부탁이 한 가지 있다고 하자, 의상스님은 그 부탁이 뭔지 궁금하기 그지 없었다.

객주집 주인은 길게 한숨을 내쉰 후 천천히 입을 열었다.

"소인이 스님께 소상히 말씀을 올리겠습니다."
"어서 말씀하시지요."
의상스님은 객주집 주인을 재촉하였다.
"4년 전의 일이었습지요. 나라에서 당나라에 사신을 보내면서 비단이다, 모시다, 베다, 참으로 가지가지 예물을 갖고 갔습니나요."
"그야 그랬겠지요."
"그런데 예물만 그렇게 갖고 간 것이 아니라 당나라 조정에 바칠 우리나라 처녀 스무 명을 싣고 가게 되어 있었습지요."
"우리 나라 처녀를 싣고 가다니요?"
의상스님의 눈이 휘둥그레졌다.
"예물만 갖다 바치는 것이 아니라 아리따운 우리 처녀들까지 노비로 갖다 바치게 되어 있었더라 그런 말씀이지요."
의상스님은 그 말에 혀를 끌끌 찼다.
"원 저런, 우리 처녀들을 노비로 갖다 바치다니……"
"아 그렇게 비위를 잘 맞추어야 당나라가 우리 신라 편을 들어줄 것이니, 그래서 그런 것 입지요."
"그, 그래서요?"
"아, 그런데 당나라로 싣고 가야 할 처녀 스무 명 가운데 처녀 하나가 그만 종적을 감춰버린 일이 일어나고 말았습니다요."
"……종적을 감춰버리다니요?"

"당나라에 끌려가서 종 노릇을 할 바에야 차라리 죽는 게 낫겠다 하고 물에 빠져 죽었는지, 산 속으로 들어갔는지, 하여튼 그 처녀를 찾을 수가 없었습지요."

"그, 그래서 어떻게 되었소이까?"

"배가 떠날 날은 닥쳐 오는데 처녀 하나가 종적을 감춰버렸으니, 관아에서 나온 벼슬아치들은 그야말로 안절부절 어찌할 바를 몰랐습지요."

"그, 그래서요?"

"사정이 다급해진 벼슬아치들은 이 당주계 포구 일대에서 처녀 하나를 채워놓기로 하고 수색에 나섰는데, 세상에 글쎄…… 그때 그만 소인의 딸년이 덜컥 걸려들고 말았습니다요."

"원 저런! 아니, 그래서요?"

"무남독녀 외딸이니 한번만 살려달라고 두 손이 발이 되도록 빌고 빌었습니다마는 벼슬아치들이 하는 일을 막을 수는 없었지요."

"아니, 그러면 따님이 종적을 감춘 처녀 대신 당나라로 끌려갔단 말이십니까?"

객주집 주인은 그때의 일이 생각나는지 두 눈에 눈물이 가득 고였다.

"빌어도 소용없고, 울어도 소용없고, 땅을 쳐도 소용이 없었습니다. 그대신 벼슬아치들이 논 서마지기를 사주면서 입을 닫으라고

엄명을 내렸습지요."

"그래 그 후로 따님의 소식은 들으셨습니까?"

"그래서 제가 스님께 이렇게 부탁을 드리는 것이지요."

"그러면 날더러……"

"당나라에 들어가시거든 내 딸년이 살았는지 죽었는지 그것이나 좀 알아 봐 주십사 하구요."

"4년 전에 실려 갔다고 그랬습니까?"

객주집 주인은 눈물을 떨구며 한숨을 내쉬었다.

"예. 울며불며 이 포구를 떠난 게 엊그제만 같은데 어느새 4년 세월이 흘렀구면요."

의상스님은 안되었다는 표정을 지으며 객주집 주인의 얼굴을 쳐다보았다.

"그러면 따님의 이름은 무엇이라 불렀습니까?"

"그 아이가 어렸을 적에 웬 스님이 지나가시다가 이름을 지어 주셨는데, 착할 선자, 묘할 묘자, 선묘(善妙)라고 했지요."

"착할 선자, 묘할 묘자, 선묘라……"

"그러니 스님, 제발 당나라에 건너가셔서 내 딸 아이의 생사라도 좀 알아 두셨다가 돌아오실 적에 안부라도 좀 전해 주십시오."

"……알겠습니다. 내 반드시 선묘의 안부를 알아볼 것입니다."

이리하여 의상스님은 객주집 주인으로부터 양식을 얻어 당나라 사신이 타고 돌아갈 배에 가까스로 오를 수 있게 되었다.
의상스님이 배에 오르려 하자 중국인 선원이 실실 웃으며 앞을 막았다.
"스님이가 용케도 양식이를 구했구먼. 그래. 응?……허허허……."
"이제 이 양식을 맡길 것이니 배를 타게 허락 해 주시오."
그러나 그 중국인은 손을 내저으며 말하는 것이었다.
"가만 가만! 우리 사람이 이거 미리미리 다짐을 받아 두어야 한다이."
"무슨 다짐을 받는단 말이오?"
"신라 스님이는 배를 타본 일이 있어해?"
"아니오, 아직 배를 타본 일은 없소이다."
"허허, 이거 골치 아프겠다해. 배를 타보지 않은 사람이 배를 타면 뱃멀미를 많이 한다해.
기절하기도 하고 죽기도 한다해. 그래도 괜찮겠어해?"
"뱃멀미가 어떨런지는 모르겠소만 기절을 하더라도 상관치 않을 것이오."
"하하, 이 신라 스님이 잘 모르는구먼. 뱃멀미를 심하게 하면 기절만 하는 게 아니라 숨이 딸깍 넘어가서 죽는단 말이다해, 죽어!"
"설령 뱃멀미가 심해서 죽는 한이 있더라도 개의치 아니 할 것이니, 어서 배에 태워주기나 하시오."

그래도 중국인은 의상스님을 배에 태우지 않았다.

"아하, 잠깐 잠깐! 또 한 가지 다짐을 받을 게 있다해!"

"배 한 번 얻어 타는 데에 무슨 다짐이 그리도 많단 말이시오?" 의상스님이 참다못해 얼굴을 찌푸렸다.

"만일 배를 타고 가는 도중에 숨이 딸깍 넘어가면 우리 사람이 시신을 바다에 버려 수장하는 것이 뱃길의 풍속이니, 그리 해도 죽어서 원한을 품지 아니하겠다는 다짐을 하면 태워줄 것이야해!"

"만일 배를 타고 가는 도중에 내가 죽거든 그땐 당신들 풍속대로 하시오!"

의상스님이 이렇듯 시원스럽게 말하자 그때서야 중국인은 슬며시 길을 비켜주었다.

2
좋은 인연을 만들어라

의상스님은 생전 처음으로 타는 멀고 먼 뱃길이라 그야말로 죽기를 각오하고 배에 올랐다.

지금 같으면 우리나라 인천항에서 중국까지 하루 남짓이면 갈 수 있는 뱃길이지만 신라 때만 해도 배라고 해봐야 돛단배에 불과했으니 그나마 바람이 없으면 노를 저어서 갈 수밖에 없었다.

이 당시의 기록에 의하면 우리나라 서해안 포구에서 중국 산동성 등주까지 가는 데 재수가 좋으면 대엿새가 걸리고, 재수가 나쁘면 열흘이나 보름까지도 걸렸다고 적혀 있다.

의상스님이 당나라로 돌아가는 사신의 배를 얻어 타고 당나라 산동성 등주에 당도한 해는 서기 661년, 의상스님의 세속 나이 서른여섯 살 때의 일이었다.

의상스님은 중국땅 등주에 당도하자마자 외국의 승려라 하여 잠

시 검문을 받은 뒤에 신심 깊은 어느 불교 신도의 집에 머물게 되었다.

의상스님을 맞이한 그 신도는 깊숙히 허리를 굽혀 절을 하였다.

"참으로 험한 바닷길을 건너오시느라고 고생이 많으셨겠습니다."

"아, 아닙니다. 초면에 이렇게 환대를 받자오니 고맙기 그지 없습니다."

"원, 무슨 말씀을요. 출가 수행자를 모셔다가 공양을 올리고 설법을 들으면 삼세의 복을 짓는다 하였거늘 바다 건너 해동국 신라에서 오신 스님을 모시게 되었으니 이는 우리 가문의 큰 광영이 될 것입니다."

"신심이 이토록 깊으시니 소승 참으로 부끄럽사옵니다."

"아, 아니올습니다. 하온데 해동국 신라 땅에도 부처님을 모신 사찰이 많이 있는지요?"

"예, 삼백여 년 전부터 해동국 고구려, 백제, 신라 땅에도 부처님의 가르침이 전해져 지금은 곳곳에 사찰이 많이 들어섰습니다."

"그러면 해동국 신라 땅에도 큰 사찰이 많사옵니까?"

"예, 신라땅의 서울 서라벌에만 해도 황룡사, 분황사 등 대소 사찰이 수십 개에 이르고 있습니다."

중국인은 감탄을 하며 고개를 끄덕였다.

"그것 참 반가운 일입니다. 부처님의 자비로운 가르침이 해동국에까지 널리 전파되었다니 참으로 다행스런 일입니다."

의상스님은 중국인을 쳐다보며 빙그레 웃었다.

"모두가 부처님의 크신 은덕인 줄 아옵니다."

"그야 일러 무엇하겠습니까. 하온데 스님께서는 무슨 일로 저 험한 바닷길을 건너 우리 중국 땅으로 오셨는지요?"

"예, 듣자하니 종남산에 가면 지상사라는 큰 사찰이 있고……."

지상사라는 말에 중국인은 의상스님의 말을 가로막았다.

"종남산 지상사요?"

"예."

"그래요. 나도 그 지상사 얘기는 많이 들었습니다만……."

"그 지상사에 가면 지엄스님이 계시고 바로 그 지엄스님께서 화엄경을 가르치신다고 들었사옵니다."

"아, 예. 그러시면……?"

"바로 그 지엄스님 문하에 들어가 화엄경을 배우고자 건너온 것이지요."

중국인은 알겠다는 듯이 고개를 끄덕였다.

"뜻이 참으로 장하십니다. 허나 여기서 종남산은 수천 리 길이니 여독이 풀릴 때까지 푹 쉬셨다가 일기가 순조로울 때에 떠나도록 하십시오."

"자상하신 배려, 참으로 고맙습니다."

의상스님이 이렇게 중국인 불교 신도와 이야기를 주고 받고 있을 때였다.

방문 밖에서 웬 젊은 여인의 목소리가 들려왔다.

"아버님, 차를 달여 왔사옵니다."

"오, 그래! 어서 들어 오너라."

중국인은 얼른 일어나 방문을 열었다.

딸이 조심스레 찻상을 가지고 들어오자 중국인은 의상스님을 쳐다보며 딸에게 말했다.

"차를 올리기 전에 인사부터 여쭈어야 할 것이다."

"예."

"해동국 신라 땅에서 오신 의상스님이시다."

중국인의 딸은 아버지의 그 말에 두 눈을 커다랗게 뜨고는 의상스님을 자세히 쳐다보았다.

"예에? 해동국 신라에서 오셨다구요?"

"그렇습니다만 어찌 그리 놀라시는지요?"

중국인이 딸 대신 대답했다.

"허허허, 이 아이가 놀라는 것이 당연하지요. 실은 이 아이도 해동국 신라에서 건너온 아이니까요."

"예에? 신라에서요?"

중국인은 다시 딸아이를 쳐다보며 재촉했다.
"허허, 이 녀석! 어찌 그리 넋을 잃고 있는고? 어서 차부터 따라서 올리지 않고······."
"······예."
그제서야 중국인의 딸이라는 여인이 고개를 숙이고는 찻잔에 차를 따랐다.
신라에서 건너왔다는 아리따운 여인이 물러간 뒤 의상스님은 궁금해서 견딜 수가 없었다.
찻잔에 따라놓은 차를 한 모금 마신 후에 의상스님은 중국인이 찻잔을 내려놓기가 무섭게 자초지종을 물었다.
"방금 그 낭자가 참으로 신라에서 건너왔다고 하셨습니까?"
"그렇습니다."
"······아버님이라고 부르는 것 같았는데요?"
"그렇게 부르지요."
"대체 어떻게 해서 당나라에 건너온 낭자인지요?"
궁금함에 애가 닳은 의상스님과는 달리 중국인은 느긋했다.
"스님께서 궁금히 여기실 줄 알았습니다."
"만리타국에서 신라 낭자를 만나고 보니······."
"여러 가지로 궁금하시겠지요. 내 그럼 저 아이의 내력을 소상하게 말씀드리기로 하지요."

 중국인 거사는 천천히, 아주 천천히 차 한 잔을 다 마시고 나서 이야기를 시작했다.
 "저 아이가 바닷가 모래밭에서 발견된 게 어느덧 4년 전의 일입니다."
 "······바닷가 모래밭에서 발견되다니요?"
 의상스님은 점점 궁금해서 견딜 수가 없었다.
 "바닷가 모래밭에 쓰러져 있는 것을 어부가 발견해서 집으로 데려다가 살려냈지요."
 "아니, 그러면 어떤 내력으로 바닷가 모래밭에 쓰러져 있게 되었다는 말씀이십니까?"
 "그것은 나도 모르고, 저 아이를 살려준 어부도 모르는 일입니다. 저 아이가 통 말을 하지 않으니까요."
 "그러시면 그 어부한테서······."
 "노비로 부릴까 하고 사온 셈이지요."
 "그러면 저 신라 낭자가 거사님 댁의 노비란 말씀이신지요?"
 "지금은 아닙니다."
 "······아니시라면?"
 "처음 한동안은 말이 통하지 않아서 그냥 부엌일도 시키고 잔심부름도 시키고 그랬지요."
 "그, 그랬는데요?"

"저 아이가 차차 우리 중국말을 배우면서부터 보통 아이가 아니라는 생각이 들었습지요."

"······보통 아이가 아니라면?"

"언행이 안존하고 행실이 바르고 영특하기가 짝이 없습지요."

"······그······ 그래서요?"

"노비로 부리기는 너무 가엾고 아깝다 싶어 글도 가르치고, 불경도 일러주었지요."

"······아, 예."

"보시다시피 우리는 물려받은 재산이 많아서 남부럽지 않게 잘 살고는 있습니다마는 슬하에 자식이 없어 늘 쓸쓸하던 차에 저 아이가 품행이 방정하고 영특한지라 수양딸로 삼았습니다."

"아, 예. 그러셨군요."

"저 아이가 처음에는 주인 나으리, 주인 마나님 하고 불렀으나 지금은 아버님, 어머님으로 부르게 하고 있습지요."

"정말 잘 하셨습니다. 두고두고 복을 받으실 것입니다."

"나중에 복을 받지는 못할지라도 저 아이를 수양딸로 삼은 후에는 하루하루가 그저 즐거우니 더 이상 바랄 것이 무엇이 있겠습니까?"

"거사님, 참으로 자비롭기가 그지없으십니다."

"기왕에 전생의 인연으로 스님께서 저희 집에 유하게 되셨으니

저 아이가 어쩐 연유로 물에 빠지게 되었는지 그걸 좀 물어보아 주십시오. 혹시 스님한테는 털어놓을지 모르는 일이니까 말씀입니다."

"……알겠습니다. 인연이 닿으면 한번 알아보도록 하지요."

의상스님이 중국인 거사의 집에서 머물게 된 지 사흘째 되던 날 밤이었다.

방문 밖에서 중국인 거사의 수양딸이 되었다는 신라 낭자가 의상스님을 불렀다.

"스님, 스님, 주무시옵니까?"

"아, 아닙니다."

의상스님은 얼른 방문을 열었다.

"낭자께서 어쩐 일이신지요?"

"아버님께서 차를 끓여 올리라 하셨사옵니다."

"……들어 오시지요."

"예."

신라에서 왔다는 아리따운 낭자는 조심스럽게 찻상을 들고 들어와 단정히 앉더니 의상스님께 공손하게 차를 따라 올렸다.

"낭자도 한 잔 드시도록 하시지요."

"……예."

의상스님은 신라 낭자가 따라놓은 차를 한 모금 마신 후에 낭자의 얼굴을 자세히 쳐다보았다.
 "낭자께서는 참으로 신라에서 건너 오셨습니까?"
 "……예."
 "……4년 전에 건너 오셨다구요?"
 "……예."
 "신라 땅…… 어디에서 사셨습니까?"
 "……"
 "대체 어쩐 까닭으로 이 당나라에 오게 되었는지요?"
 "……"
 "거사님의 말씀에 의하면 낭자께서는 바닷가 모래밭에서 어부의 눈에 띄었다고 그러던데 그게 사실인지요?"
 의상스님의 물음에 그저 고개만 숙이고 묵묵부답이던 신라 낭자가 어렵게 말문을 열었다.
 "……소녀는 그런 것을 알지는 못합니다. 다만 소녀가 정신을 차리고 보니 웬 낯선 중국 사람 어부의 집이었습니다."
 "그러면 어디서 어쩌다가 바닷물에 빠졌는지 그것은 생각이 나실 것 아닙니까?"
 잠시 조용히 있던 신라 낭자는 나직한 목소리로 말했다.
 "……소녀는 그때 노비로 끌려오는 몸이었습니다."
 "그, 그래서요?"

"……중국 포구가 멀지 않다고 하기에 그날밤 소녀는 노비로 끌려가 일생을 마치느니 차라리 죽어버리자고 치마폭을 뒤집어 쓰고 바닷물로 뛰어내렸습니다."

"아니, 그러면 스스로 바닷물에……?"

신라 낭자는 가볍게 한숨을 토하며 조그만 목소리로 대답했나.

"……예."

"그러면 그후로는 어찌된 일인지 모르시겠다 그런 말씀입니까?"

"나무토막을 붙잡은 것도 같고, 거북이 등에 탄 것도 같고…… 그후로는 정신을 잃고 말았지요."

"그러면 고향은 대체 어디이십니까? 서라벌이신가요?"

"……아닙니다. 제 고향은…… 당나라로 오는 포구였습니다."

신라 낭자의 고향이 당나라로 오는 포구였다는 말에 의상은 자신의 귀를 의심했다.

"낭자의 이름은요?"

"……소녀의 이름은 선묘이옵니다."

"무, 무엇이라구요? …… 선묘?"

신라에서 온 낭자의 이름이 선묘라고 하자, 의상스님은 그만 소스라치게 놀라고 말았다.

당나라로 오는 포구에서 양식을 대주며 딸의 안부를 알아봐 달라고 부탁하던 객주집 주인의 딸 이름이 바로 선묘였기 때문이었다.

　의상스님은 마음을 진정시킨 후 선묘라는 낭자의 얼굴을 다시 찬찬히 살펴보았다.
　"……이, 이것 보시오, 낭자. 낭자의 이름이 분명 선묘라고 하셨소?"
　"……예."
　"착할 선자, 묘할 묘자, 선묘란 말이시오?"
　"……예."
　"고향에 계신 아버님은 구렛나루가 무성한 객주집 주인이셨구요?"
　선묘 낭자가 의상스님의 말에 눈을 동그랗게 뜨고는 스님을 쳐다보았다.
　"……아니, 소녀의 고향 아버님을 스님께서 대체 어찌 알고 계시온지요?"
　"소승이 당나라로 건너올 적에 바로 그 객주집에서 큰 신세를 졌소."
　"하오시면…… 제 고향 부모님을 만나뵈셨단 말씀이시옵니까?"
　"아버님께서 소승한테 양식을 대어 주셨소. 그리고 당나라에 건너 가거든 선묘라는 딸이 살아있는지 죽었는지 안부라도 좀 알아봐 달라고 소승에게 간곡히 부탁하셨소."

"……아직 살아계신다니 정말 천만 다행이옵니다. 하오나 많이 늙으셨을 테지요."

선묘 낭자의 눈에는 어느새 눈물이 그렁그렁 맺혀서 금방 떨어질 것만 같았다.

"아니오, 아직 늙지는 아니하셨이요. 그리고 띠님을 만날 때까지는 그 포구에서 기다리실 것이라고 그러셨소이다."

"오…… 아버님, 살아 생전에 단 한번만이라도 만나 뵈올 수 있다면 얼마나 좋겠사옵니까."

선묘 낭자의 목소리가 낮게 떨렸다.

"이것 보시오, 낭자! 너무 상심하지 마시오. 참고 기다리며 부처님께 기도드리면 반드시 만나뵐 날이 돌아올 것이오."

"……정말, 정말 그런 날이 소녀에게 과연 올까요, 스님?"

"이것 보시오, 선묘 낭자! 신라 땅으로 돌아갈 날이 반드시 있을 것이니 상심하지 말고 참고 기다리시오."

의상스님의 말에 선묘 낭자는 눈물을 글썽이며 대답했다.

"……예, 스님. 스님의 말씀만 믿고 열심히, 열심히 부처님께 기도드리면서 그날을 기다리겠습니다."

의상스님이 중국 산동성 등주에 있는 신심 깊은 중국인 거사 집에서 보름 동안 머물고 난 뒤였다.

의상스님은 아침 일찍부터 길 떠날 준비를 하였다.
"그동안 소승 잘 쉬었으니, 이제 종남산으로 떠날까 하옵니다."
"떠나신다니요? 아니 되실 말씀이십니다."
중국인 거사는 눈을 휘둥그레 뜨고는 다짜고짜로 길 떠나려는 의상스님을 말렸다.
"아니된다니요, 거사님?"
"종남산은 여기서 수천 리 길입니다. 아시다시피 앞으로 한 달 동안은 장마철이라 허구헌날 장대비가 퍼부을 것인데 어찌 먼길을 떠난다 하십니까?"
"그렇다고 이렇게 거사님 댁에서 마냥 신세만 지고 있을 수는 없는 일이라……."
"신세는 무슨 신세라고 그러십니까? 어떤 사람은 사찰을 지어 시주하기도 하고, 또 어떤 사람은 수백 관짜리 범종을 만들어 시주하기도 한다던데요."
의상스님은 주인에게 물었다.
"그러면 여기서도 장마가 한 달 동안이나 계속된다는 말씀이십니까?"
"짧아야 한 달이지요. 하늘이 노해서 심술이라도 부리시는 날에는 장마가 한 달 보름 또는 두 달도 더 계속됩니다."
"이것 참 낭패로군요."

"낭패라 여기지 마시고 느긋하게 쉬시도록 하십시오."
중국인 거사는 부드러운 음성으로 의상스님에게 말했다.
그리고는 의상스님 앞으로 바짝 다가앉으면서 조용히 묻는 것이었다.
"그런데 스님, 우리집 아이 선묘 말씀입니다요. 그 아이가 이쩐 까닭으로 바닷물에 빠지게 되었다는지 그건 좀 알아보셨는지요?"
"아, 예. 그 얘길 참 깜박 잊고 있었군요."
"그래 어쩌다가 바닷물에 빠졌다고 그러던가요?"
"예, 선묘 낭자는 노비로 뽑혀 배에 실린채 당나라로 오던 길이었다고 합니다."
"신라에서 바치는 공녀로 말씀인가요?"
"그랬던 모양입니다."
"그런데 어쩌다가 바닷물에 빠졌더라는 말입니까요?"
"노비 신세로 당나라로 끌려와 일생을 마치느니 차라리 바닷물에 빠져 죽어 버리자 하고 한밤중에 바다에 뛰어들었다고 그랬습니다."
중국인 거사가 깜짝 놀라서 물었다.
"아니 그러면 노비가 되기 싫어서 바닷물에 뛰어들었단 말씀입니까요?"
"……그런 셈이지요."

"세상에 원 저런 불쌍한 것이 있는가? …… 허지만, 스님?"
"왜 그러시는지요?"
"그 사실을 관아에서 알게 되면 이는 국법을 어긴 계집이라 하여 결코 가만 두지 아니 할 것입니다요. 그렇겠습지요?"
"……글쎄요."
중국인 거사는 이것은 보통 일이 아니라는 듯이 걱정스런 표정이었다.
"글쎄요가 아닙니다. 감히 노비로 뽑힌 아이가 국법을 어기고 바닷물에 뛰어들어 도망질을 치다니, 당장 요절을 내겠다고 붙잡아 갈 것입니다요."
"듣고 보니 그럴 염려도 없는 것은 아니겠습니다만……."
중국인 거사는 급히 말했다.
"이 사실은 아직 아무도 아는 사람이 없으니 스님만 비밀을 지켜 주신다면 저 아이는 무사하게 될 것입니다요."
"그야 염려 마십시오. 소승은 두 번 다시 그 말을 입 밖에 내지 아니 할 것입니다."
"제발 부탁입니다요, 스님. 저 아이가 무사하지 못하면 우리 내외는 살 맛을 잃고 말 것입니다요."
"염려 마십시오. 소승은 어떤 일이 있더라도 그 비밀을 지킬 것입니다."

　의상스님은 장마철을 당하여 별 수 없이 신심 깊은 중국인 거사의 집에서 한 달 여를 머물게 되었다.
　비는 참으로 억수로 쏟아지는 것이었으니 만일 거사의 만류를 뿌리치고 먼 길을 나섰더라면 도중에 큰 변을 당하고 말았을 것이었다.
　바깥에는 뇌성벽력에 큰 비가 계속해서 줄기차게 내렸다.
　"저것 보십시오, 스님. 저 억수같은 빗속에 종남산으로 떠나셨다면 어찌 되셨겠습니까?"
　"소승이 잘 몰라서 괜한 고집을 부렸으니 용서하십시오."
　"들리는 소문을 듣자하니 여러 강물이 벌써 범람했다고 합니다."
　"강물이 범람했다면 사람들이 많이 쓸려갔을 것이니 참으로 안타까운 일입니다."
　중국인 거사는 바깥에 내리는 비를 바라보며 고개를 끄덕였다.
　"홍수는 부처님의 힘으로도 막지 못하는 일이온지요, 스님?"
　"비가 오고 바람이 부는 것은 자연의 섭리일 뿐, 부처님의 일이 아닙니다."
　"그래도 사람들은 하늘이 너무하신다고 탄식들을 하지 아니합니까?"
　"그것은 사람들이 공연히 하늘 탓을 하는 것입니다. 비가 오고, 바람이 불고, 눈이 내리고, 땅이 얼어붙는 것은 하늘도 어찌하지 못하는 자연의 법칙입니다."

"그러면 자연의 법칙이요, 자연의 섭리이니 꼼짝 없이 당하는 게 도리이다 그런 말씀이십니까?"

"비가 오고, 바람이 불고, 눈이 오고, 땅이 얼어붙고, 불볕 더위가 닥쳐 오고 …… 그런 것은 모두 다 자연의 섭리요, 인연의 법칙인 줄을 미리 알고 지혜롭게 살아야지요."

"지혜롭게 살라는 말씀은 대체 어찌 살라는 말씀이십니까?"

"먹구름이 몰려오면 비가 많이 내릴 것을 알 수 있을 것이니 무너질 염려가 있는 둑 밑에는 살지 말아야 할 것이요, 물이 잘 빠지도록 도랑을 미리 쳐야 할 것이며, 눈이 내리고 땅이 얼어붙을 때를 미리 염려해서 땔나무를 준비하는 것, 그것이 바로 지혜롭게 사는 것입니다."

"그러면 아무리 부처님께 불공을 드려도 그런 재앙을 막을 수는 없다는 말씀이십니까?"

"저 끝없는 허공 위에 하늘이 있고, 그 하늘에는 하느님이 있다고 하는 사람들이 수없이 많습니다마는, 하느님을 향해 손이 발이 되도록 빌고, 하느님을 향해 수없이 제사를 올린다고 해서 몰려오던 먹구름이 멎은 적이 없고, 쏟아지던 비가 멎은 적은 없었지요.

홍수가 일어나고, 벼락이 떨어지고, 땅이 갈라지고, 불기둥이 솟는 것을 죄다 하늘에 있는 하느님이 마음대로 한다면 그 하느님은

과연 얼마나 심통이 사나운 분이겠습니까?"

"하느님이 심통이 사나운 분이라니요?"

중국인 거사가 별 우스운 소리도 다 있다는 표정을 지으며 의상 스님을 쳐다보았다.

"홍수가 일어나고 벼락이 떨어지고, 땅이 갈라지고, 불기둥이 솟아 오르면 그땐 죄없는 어린 아이들도 죽고, 죄 지은 일이 없는 착한 사람들도 함께 죽습니다. 착한 하느님이시라면 과연 그런 몹쓸 짓을 감히 어찌 하겠습니까?"

"그러시면 세상만사는 하늘이 뜻대로 하는 것이 아니라……"

"그렇습니다. 세상만사는 모두가 인연에 의해서 일어나고 있지요. 인연에 의해서 일어나고, 인연이 다 하면 사라지게 됩니다."

"……인연에 의해서 일어나고…… 인연이 다 하면 사라지게 된다……."

"그렇습니다. 그래서 부처님께서는 사람과 사람이, 사람과 산천초목이, 모두 다 좋은 인연을 지어야 한다고 말씀하셨습니다."

"좋은 마음으로 좋은 인연을 맺으면 좋은 과보를 얻고, 나쁜 마음으로 나쁜 인연을 맺으면 나쁜 과보를 받는다는 말씀이시지요?"

"그렇습니다. 좋은 씨앗을 심으면 좋은 꽃이 피고, 나쁜 씨앗을 심으면 나쁜 꽃이 피는 것과 같다고 할 것입니다."

3
연꽃을 보고 배우시오

 의상스님은 낮이면 경책을 보고 설법을 하며, 밤으로는 참선을 통해 마음을 닦았다.
 그러던 어느날 밤이었다.
 그 날도 밤이 깊은 줄도 모르고 불도 밝히지 아니한 채 참선하던 중이었다.
 방문 밖에서 신라에서 왔다는 선묘 낭자가 스님을 찾았다.
 "스님, 스님. 주무시옵니까?"
 "아, 아닙니다. 불을 밝힐 것이니 잠시만 기다려 주십시오."
 의상스님은 불을 밝힌 뒤에 방문을 열었다.
 "들어 오시지요."
 "아버님께서 스님께 차를 올리라 하셨사옵니다."
 "세세한 일까지 이렇게 염려해 주시니 소승은 참으로 몸둘 바를

모르겠습니다."

선묘 낭자는 찻잔에 얌전히 차를 따랐다.

"……스님께 차도 올리고 법문도 들으라는 뜻인 줄로 아옵니다."

"소승은 아직 공부가 얕은지라 법문다운 법문은 알지도 못하고 할 줄도 모르옵니다."

"아니시옵니다, 스님. 스님께서 평소에 하시는 한 말씀 한 말씀이 모두 다 소중한 법문이라 하셨사옵니다."

"원 무슨 그런 과찬의 말씀을요."

"하온데, 스님."

"예. 말씀…… 하시지요."

"스님들은 어찌하여 가정을 이루지 아니하시고 홀로 사시는 것이온지요?"

선묘 낭자의 질문에 의상스님은 빙그레 웃었다.

"선묘 낭자께서는 그 점이 그리도 궁금하셨습니까?"

"……예. 더구나 스님처럼 용모가 수려하시고 학덕이 빼어나신 분께서 홀로 사신다는 것은……."

의상스님이 선묘 낭자의 말을 가로막았다.

"이 세상 부귀 영화, 그리고 이 세상 오욕락에는 번민과 고통이 반드시 뒤따르니 그래서 수행자는 홀로 사는 것입니다."

선묘 낭자는 의상스님의 법문 한 마디 한 마디를 모두 다 마음

속에 새기려는 듯 영롱한 두 눈을 초롱초롱 빛내며 열중해서 듣는 것이었다.

"하오면, 스님?"

"말씀…… 하시지요."

"스님께서는 어찌하여 이 세상 부귀 영화에는 반드시 번민과 고통이 뒤따른다 하시옵니까?"

"……이 세상에서 부귀 영화를 누리는 사람은 자기의 재물을 도둑맞을까 걱정하고, 자기의 벼슬을 빼앗기게 될까 근심합니다. 그리고 그 부귀 영화를 오래오래 누리고자 늙는 것을 두려워하고 나이 먹는 것을 한탄하게 되지요. 그러자니 거기에는 늘 근심 걱정과 번민과 고통이 뒤따르게 마련이지요."

"하오시면 스님께서는 그 번민과 고통을 받지 아니 하시려고 그래서 홀로 사시겠다는 말씀이시옵니까?"

선묘 낭자는 당돌하다 싶을 만큼 의상스님을 똑바로 쳐다보며 물었다.

"번민과 고통을 피하려고 홀로 사는 것이 아니라 이 세상 모든 부귀 영화, 그리고 오욕락은 덧없고 부질없고 허망한 것인 줄을 이미 아는 까닭에 가지려 하지 않는 것입니다."

"어찌하여 스님께서는 부귀 영화와 이 세상 즐거움을 덧없고 부질없고 허망하다 하시옵니까?"

 "황제의 벼슬도, 재상의 벼슬도 결코 백 년을 넘지 못하고, 아무리 큰 집, 제 아무리 넓은 전답도 저 세상에 갈 적에는 아무런 소용이 없습니다. 뿐만 아니라 이 세상 모든 즐거움도 한 순간일 뿐, 즐거움 다음에는 반드시 괴로움이 뒤따르게 마련이지요."
 의상스님의 말에 선묘 낭사는 고개를 서었나.
 "소녀는 아직 어리석은 중생이라서 그런지 무슨 말씀인지 알아듣지 못하겠사옵니다."
 "세상 사람들은 서로 사랑한다면서 부부의 인연을 맺습니다. 그러나 병이 들거나 나이를 먹거나 해서 결국은 오래 살지 못하고 죽게 되지요. 선묘 낭자께서는 남편을 잃고 통곡하는 아녀자들을 보신 적이 있으십니까?"
 "……예."
 "그러면 선묘 낭자께서는 아내를 잃고 슬피 우는 남정네들을 보신 적이 있으십니까?"
 "……예."
 "귀여운 아들 딸을 잃고 슬피 우는 부모를 본 적도 있으시지요?"
 "……예."
 "부모를 잃고 땅을 치면서 슬퍼하는 자식들의 모습도 보셨겠지요?"

"……예."

"어제까지 아끼고 사랑하던 사람을 잃게 되었을 때, 거기에는 반드시 슬픔과 고통이 따라 오게 마련입니다."

선묘 낭자가 따지듯이 의상스님에게 물었다.

"하오시면 스님께서는 슬픔과 고통을 받기가 싫으셔서 홀로 사시겠다는 말씀이시옵니까?"

"……아닙니다. 슬픔과 고통을 받기가 싫거나 두려워서가 아니라, 즐거움도 괴로움도 허망한 것인 줄을 아는 까닭에 그 어느 것에도 집착하지 않으려고 홀로 사는 것입니다."

선묘 낭자는 의상스님을 똑바로 쳐다보며 끝없이 질문을 했다.

"하오시면 스님께서는 홀로 사셔서 무엇을 하시려는지요?"

의상스님이 빙그레 웃었다.

"대체 무슨 일을 하려고, 무슨 재미로 홀로 살겠느냐, 그것을 물으시는 것이지요?"

"……예, 그렇사옵니다."

의상스님은 방안을 밝히고 있는 촛불을 가리키며 선묘 낭자를 쳐다보았다.

"여기 이 촛불을 보십시오."

"촛불이라구요?"

"여기 이 촛불은 제 몸을 태워 이 방안을 밝히고 있습니다."

"하오시면 스님께서는 세상을 밝히시려고 홀로 사신단 말씀이시지요?"

"부처님께서는 이렇게 말씀하셨습니다. 촛불은 제 몸을 태워 어둠을 밝히고, 향은 제 몸을 태워 세상을 향기롭게 하나니, 출가 수행자는 마땅히 세상의 촛불이 되어야 할 것이며, 세상의 향이 되어야 할 것이니라."

"가정을 이루시고 부인과 자식과 함께 사시면서 세상의 촛불이 될 수는 없는 일인지요?"

선묘 낭자의 끝없는 질문에 의상스님은 잠시 묵묵히 천장을 올려다 보았다.

잠시 후 의상스님은 나직하게 말했다.

"아내를 사랑하고 자식을 사랑하는 애욕의 늪에 빠지게 되면 영영 괴로움의 바다에서 벗어 나지 못하게 됩니다."

"……하오시면 스님의 마음은 요지부동이신가요?"

"어느 것에도 집착하지 말라고 부처님께서 엄히 이르셨으니까요."

선묘 낭자는 여러가지 질문으로 집요하리만치 의상스님의 마음을 계속해서 떠보는 것이었다.

그러나 의상스님의 나직한 목소리는 조금치도 변함이 없었다.

장마가 어지간히 그쳐갈 무렵이었다. 이제 며칠만 더 기다리면 그 지루하던 장마가 끝날 것이라고들 했다.

의상스님이 길 떠날 준비를 하고 있는데 집주인인 중국인 거사가 스님의 방으로 찾아왔다.

"스님! 이 비단옷을 한 번 보시지요."

"비단옷이라니요?"

중국인 거사는 들고온 비단옷을 의상스님 앞에서 펼쳐 보였다.

"자, 보십시오. 이 비단옷은 정승들도 입기를 소원하는 값진 것이옵니다."

"과연 채색도 고우려니와 비단결이 아주 곱습니다 그려."

"이 비단옷을 한번 입어보시지요."

중국인 거사의 말에 의상스님이 의아해서 물었다.

"예에? 소승더러 이 비단옷을 입으라니요?"

"스님께서 원하시기만 하면 이런 비단옷은 철철이 다 해드릴 수 있습니다."

의상스님은 중국인 거사의 말에 무척이나 난처한 표정으로 어쩔 줄을 몰라 했다.

"……아니, 거사님! 대체 무슨 말씀을 하시는지요?"

"스님께서 승복을 벗으시고 우리 집에서 살아만 주신다면 어떤 호사도 다 누리도록 해 드릴 수 있다는 말이지요."

"……승복을 벗고 이 집에서 살아 준다면……?"

의상스님은 중국인 거사가 도대체 무슨 말을 하는 것인지 종잡을 수가 없었다.

잠시후 중국인 거사는 가벼운 한숨을 내쉬었다.

그리고는 나직한 목소리로 말하는 것이었다.

"……우리 집 아이 선묘가 스님을 깊이 사모하고 있습니다요."

"무엇이라구요? 선묘 낭자가?"

신심 깊은 중국인 거사로부터 뜻밖의 말을 들은 의상스님은 소스라치게 놀라지 않을 수가 없었다.

"아니 거사님, 선묘 낭자가 어찌 되었다고 그러셨습니까?"

"우리 아이 선묘가 스님을 깊이 사모한단 말씀입니다요."

의상 스님은 그 말을 듣고는 다음 말을 이을 수가 없었다.

"그야, 원…… 그럴 리가 있겠습니까? 소승이 같은 신라 백성이라 반가운 마음이야 있을 것입니다만……."

"아니옵니다요, 스님. 반가운 심정 정도가 아니구요, 사모해도 아주 단단히 사모하고 있습니다요."

의상스님은 난처한 표정을 지었다.

"너무 그리 넘겨 짚지 마십시오. 선묘 낭자는 영특한 아가씨이거늘……. 세상에 그런 당치 않는 심정을 가질 리가 있겠습니까?"

그러자 중국인 거사가 답답하다는 듯 다시 말하는 것이었다.

"아, 글쎄 우리 집 내자가 선묘의 혼사를 성사시키려고 말을 꺼냈더니만 선묘가 말하기를 의상스님같은 분이라면 모를까, 다른 사람하고는 혼사를 하지 않을 것이라고 그러더랍니다."

"농담으로 해본 소리겠지요."

중국인 거사는 답답해 죽겠다는 표정이었다.

"아이구 글쎄 아닙니다요, 스님. 글쎄 그 아이가 지금 이틀째 밥도 아니 먹고 물도 마시지 아니하고 방 안에만 틀어박혀 누워있습니다요."

그러나 의상스님은 대수롭지 않게 말하는 것이었다.

"너무 염려하지 마십시오. 하루나 이틀이 지나면 곧 제 정신을 찾을 것입니다."

애가 닳은 중국인 거사는 조심스럽게 의상스님의 얼굴을 쳐다보며 말했다.

"다시 한번 말씀드리기가 송구스럽기는 합니다마는, 스님께서는 어떠십니까요? 스님께서 만에 하나라도 원하시기만 하면 평생 호사는 물론이요, 우리 집 마당 안에다 큼지막한 법당도 지어 드릴 것이니 우리와 함께 거사로 살아 주시지 않으시렵니까?"

의상스님은 할 말을 잃고 잠시 가만히 있었다.

그리고는 중국인 거사를 똑바로 쳐다보며 천천히 말했다.

"소승은 이 중국 땅에 부처님 법을 구하러 온 것이지, 호사를 누

리려고 온 것이 아니옵니다."

그러나 중국인 거사는 그쯤에서 물러서지 않았다.

"듣자하니 옛날 유마거사는 거사로서도 부처님 경지에 오르셨다고 그러던데요."

"그야 물론 그러셨지요. 허나 이 해동국 신라에서 온 의상은 아직 그럴만한 경지에 오르지 못했거니와 또한 반드시 종남산 지상사로 가, 지엄스님 문하에 들어가서 부처님의 바른 법을 구하고야 말 것입니다."

중국인 거사의 얼굴이 대번에 어두워졌다.

"아이구 그러면 이 일을 대체 어찌하면 좋겠습니까요? 스님께서 훌쩍 종남산으로 떠나신다 하면 저 아이 선묘의 낙담이 이만저만이 아닐 터이니 말씀입니다."

"거사님 내외분께서는 너무 염려하지 마십시오. 소승이 떠나기 전에 선묘 낭자를 만나서 잘 위로할 것입니다."

의상스님이 종남산으로 떠나기 전에 마지막으로 선묘 낭자를 만나고자 한다 하니, 선묘 낭자는 수척해진 얼굴로 스님 앞에 단정히 무릎을 꿇고 앉았다.

"이것 보시오, 선묘 낭자! 이 세상 모든 것은 무상하기 그지 없어서 그 어느 것도 집착할 것이 없습니다. 부귀 영화도 재물도 부모 형제도, 심지어는 내 몸마저도 변하고 변하고 또 변해서 결국은 부서지고 흩어지고 사라지게 되거늘, 과연 무엇을 탐하고 집착하고 괴로워 할 것이오."

선묘 낭자는 차마 의상스님을 똑바로 쳐다보지도 못하고 힘없는 목소리로 말했다.

"스님의 마음이 바위같이 요지부동이시라는 것을 소녀도 이제는 잘 알고 있사옵니다."

"고맙소. 선묘 낭자는 영특한 분이라 지혜로운 생각을 해줄 것이라고 생각했지요."

"하오나, 스님."

"……말씀 하시지요."

"스님께서 제게 한 가지 약조를 해 주십시오."

"……어떤…… 약조를 해 달라는 말씀이시오?"

의상스님은 선묘 낭자가 대체 어떤 약조를 해달라는 것인지 걱정이 앞서는 것이었다.

"종남산 지상사에서 공부를 마치시고 우리 고국 신라로 돌아가실 적에는 반드시 소녀를 찾아주시겠다는 약조를 해 주십시오."

"……그러지요. 내 반드시 고국으로 돌아가기 전에 꼭 선묘 낭자를 다시 찾을 것이오."

"소녀는 이미 부처님 전에 맹세를 올렸습니다. 소녀는 이 세상을

떠날 때까지, 아니 이생 뿐만 아니오라 세세생생 의상스님께 목숨을 바쳐 의지할 것이옵니다. 그리고 큰 가르침을 배워서 반드시 큰 지혜를 얻을 것이옵니다."

"……고맙소이다."

"하옵고 소녀는 세세생생 스님께 귀의하여 믿고 의지하고 따를 것이오며 스님께서 하시는 일은 무엇이든지 다 도와드릴 것이옵니다."

"이것 보시오, 선묘 낭자."

선묘 낭자는 만류하려는 의상스님의 말은 듣지도 않고 자신의 말을 마저 했다.

"……이 불쌍한 소녀를 위해서 마지막 설법을 내려주시면 세세생생 그 은혜는 잊지 아니 할 것이옵니다."

의상스님은 무슨 말인가를 하려다가 그만 두고 선묘 낭자의 원대로 부처님의 가르침을 전하기 시작했다.

"세상은 덧없다고 부처님께서 이르셨습니다. 부지런히 닦고 배워서 몸과 입과 생각을 깨끗이 하십시오.

산 목숨을 죽이지 아니하고, 남이 주지 아니한 물건을 빼앗지 아니하며, 음욕을 멀리 하면 몸은 항상 깨끗해질 것이오.

또한 거짓을 말하지 아니하고, 욕설을 입에 담지 아니하며, 이간질 하지 아니하고 아첨하지 아니하면 입은 항상 깨끗해질 것이오.

그리고 늘 탐내지 아니하고, 성내지 아니하며 미워하지 아니하고 그릇된 소견을 가지지 아니하면 생각 또한 늘 깨끗해질 것이니, 이렇게 세 가지를 늘 깨끗이 지니면 마음은 늘 편안하고 즐거울 것이오."

선묘 낭자는 조용히 법문을 듣고는 고개를 깊이 끄덕였다.

"자비로운 법문을 내려주셔서 참으로 고맙습니다, 스님."

선묘 낭자의 목소리는 가볍게 떨리고 있었다.

의상스님은 그동안 신세를 지고 있던 중국인 거사의 집을 떠나기 위해 밤늦게 걸망을 챙기고 있는데 밖에서 중국인 거사가 스님을 불렀다.

"스님, 스님, 주무시지 아니하시면 잠시 뵈었으면 합니다."

"아, 예. 거사님이시군요."

의상스님이 방문을 열었다.

"들어 오시지요."

중국인 거사는 방 안으로 들어와서는 조용히 방문을 닫았다.

"걸망을 챙기고 계시옵니까요?"

"중 살림이 따로 챙기고 말고 할 것이 있겠습니까만 보던 경책들이나마 짊어지고 가려구요."

"그래, 기어이 소생의 집을 떠나시렵니까요, 스님?"

"예."

"사람은 어차피 한번 태어났으면 한번은 죽는다고 그러셨지요?"
"그야 이미 정해진 이치가 아니겠습니까?"
중국인 거사는 의상스님의 표정을 살피며 말을 이었다.
"그러니 말씀입니다요……. 기왕에 한 세상 살다 가는 것인데 편하게 살다가 가는 것도 나쁘지는 않을 것 아닌지요?"
"소승더러 고대광실같은 이 거사님 댁에서 호의호식이나 하면서 지내라는 말씀이시군요."
"그렇습니다. 지난번에도 말씀을 올렸습니다마는, 스님께서 원하시기만 하면 법당도 지어드리고 탑도 세워드리고 무엇이든지 다 해드리겠습니다."
"뜻은 참으로 고맙습니다마는 소승은 이미 삭발 출가한 사람입니다. 다시 속퇴해서 어리석은 중생으로 돌아가긴 싫습니다."
"어리석은 중생이라시면…… 그러면 출가하지 않은 사람은 모두가 다 어리석은 중생이라는 말씀이십니까?"
중국인 거사가 그 말에 불만이 있기라도 한듯 볼멘 소리로 물었다.
"출가하지 않은 이 세상 모든 사람이 다 어리석은 중생이라는 것은 아닙니다. 허나 이 세상 부귀영화를 으뜸으로 알고, 이 세상 오욕락을 제일로 알고, 저만 잘 먹고, 저만 잘 살고 저만 즐기면 그만이라는 생각으로 살면, 그런 사람은 어리석은 중생이라 할 것입니다."

"허지만, 비록 몸은 세속에 살지라도 좋은 일, 착한 일을 많이 할 수도 있는 일 아니겠습니까요?"

"옳은 말씀이십니다. 그래서 부처님께서는 저 연못에 피어나는 연꽃을 보고 배우라고 하셨지요."

"연꽃에서 무엇을 배우라는 말씀이셨는지요?"

"연꽃은 비록 그 뿌리를 진흙밭에 묻고 있지만 그 잎이나 꽃은 결코 진흙탕물에 더럽혀지지 아니합니다.

비록 오탁악세에 몸을 두고 살더라도 마음만은 연꽃처럼 깨끗하고 아름답게 지니라는 가르침이지요."

"아, 예. 스님의 설법을 듣고나니 과연 눈 앞이 훤히 열리는 것 같습니다."

중국인 거사는 잠시후 다시 의상스님을 쳐다보았다.

"……하온데 스님."

"예, 말씀하시지요."

"우리 집 아이 선묘 말씀인데요."

"예."

"스님을 닷새 동안만 우리 집에 더 모시고 설법을 들었으면 평생토록 여한이 없겠다고 하옵니다."

"닷새를 더 머물면서 그동안 입은 신세를 갚으라는 말씀이시군

요?"

의상스님이 장난스런 표정으로 웃으며 말했다.

"아이구 아, 아닙니다, 스님. 신세를 갚으라는 그런 뜻이 아니구요, 저희들 생각에 그저 감로수같은 스님의 설법을 단 닷새동안만이라도 더 듣자는 욕심입니다요."

"……좋습니다. 그렇게 하지요. 빚을 짊어진 채 이 댁을 떠나면 내생에 소가 되어서라도 갚아야 할 것이니 미리 갚도록 하지요."

의상스님이 그렇게 말하자 중국인 거사는 어쩔 줄을 몰라 했다.

"아이구 이거 원 스님, 저희들의 뜻은 그게 아니올습니다요."

의상스님이 가볍게 웃었다.

"너무 마음 쓰실 것 없습니다. 사실은 소승도 막상 그냥 떠나려 하니 선묘 낭자의 일이 마음에 걸렸습니다."

"아이구 스님, 그렇게 말씀해 주시니 참으로 고맙습니다."

4
극락도 지옥도 마음 속에 있느니

의상스님은 하는 수 없이 중국인 거사의 집에서 닷새를 더 머물게 되었다.

선묘낭자는 물론이요, 중국인 거사까지도 이 닷새 동안에 스님의 설법을 단 한 말씀이라도 더 들으려고 이것 저것 궁금한 것을 자꾸 물었다.

"그, 그러니까 부처님의 진리라고 하는 것은 과연 어떤 것인지요?"

중국인 거사가 심각하게 물었다.

"부처님의 진리는 멀리 있는 것이 아니요, 아주 가까이 있습니다."

"하오시면 부처님께서는 어쩐 까닭으로 우리 중생들에게 육식을 하지 말라고 이르셨는지요?"

 이번에는 선묘 낭자가 의상스님을 쳐다보며 물었다.
 "……그러면 내가 물을 터이니 낭자께서 한번 대답을 해보시오."
 "……예."
 "짐승들 가운데서도 호랑이는 그 성질이 포악하던가요, 온순하던가요?"
 "그야 호랑이는 성질이 포악하다고 들었습니다."
 "그러면 사자나 늑대는 그 성질이 포악한가요, 아니면 유순한가요?"
 "……그야 사자나 늑대는……."
 선묘 낭자가 선뜻 대답하지 못하자 중국인 거사가 얼른 대답했다.
 "아이구 그것들이야 포악한 짐승들이지요."
 "날아다니는 새들 가운데서도 독수리나 매는 그 성질이 포악하던가요, 아니면 온순하던가요?"
 "독수리나 매는 그 성질이 포악하다고 들었습니다."
 "그렇습니다. 비록 짐승들일지라도 살생을 해서 육식을 하는 짐승은 모두가 그 성질이 포악하고 난폭합니다. 허면, 이번에는 또 내가 다른 것을 물을 것이니 낭자께서 대답하시오."
 의상스님이 선묘 낭자를 쳐다보며 말했다.
 "……예, 그러겠습니다."

의상스님은 차 한 잔을 천천히 마시고 나서 선묘 낭자와 거사를 쳐다보았다.

"낭자께서는 토끼를 본 일이 있으십니까?"

"예. 집에서 기르는 토끼를 본 일이 있사옵니다."

"그러면 그 토끼는 성질이 포악하던가요, 유순하던가요?"

"토끼는 성질이 유순합니다."

의상스님은 고개를 끄덕이고는 이번에는 중국인 거사에게 눈길을 돌렸다.

"그러면 이번에는 거사님께 여쭙겠습니다."

"아, 예. 말씀하십시오."

"거사님께서는 염소를 보신 일이 있으십니까?"

"염소요? 아, 염소야 우리 하인들이 여러 마리를 키우고 있습지요."

"그러면 그 염소들은 성질이 포악하던가요, 온순하던가요?"

"아, 그야 성질이 아주 온순하지요."

"소는 물론 키워보셨겠지요?"

"그럼요."

"허면 키워보시니 어떻던가요? 소는 성질이 포악하던가요?"

"아이구 아닙지요. 소처럼 성질이 온순한 짐승이 세상에 또 어디 있겠습니까요."

중국인 거사가 대답하자 의상스님은 얼굴에 미소를 띠었다.

"그렇습니다. 토끼나 염소나 소나, 사슴이나 살생을 하지 아니하고 육식을 하지 아니하고 풀이나 열매만을 먹고 사는 짐승은 모두가 성질이 온순하고 유순합니다."

가만히 듣고 있던 선묘 낭자가 물었다.

"하오시면 육식을 하면 그 성질이 포악해진다는 말씀이신가요?"

"그렇습니다. 육식을 하자면 자연히 살생을 하게 되고, 살생을 하자니 자연 그 성질이 포악해지는 것입니다."

"허허, 스님 말씀을 듣고 보니 과연 그렇습니다 그려. 살생을 업으로 삼고, 육식을 일삼는 짐승은 성질이 모두가 다 포악합니다."

"그래서 부처님께서는 착한 심성을 기르고 가꾸려면 되도록 육식을 하지 말라 이르신 것이지요."

고개를 숙이고 잠자코 듣고있던 선묘 낭자가 의상스님을 쳐다보았다.

"자상하신 설법, 참으로 고맙습니다. 소녀는 오늘 스님의 설법을 들은 공덕으로 세세생생 결코 육식을 하는 일이 없도록 하겠습니다."

선묘 낭자가 온화한 음성으로 말했다.

"기특하신 발심이십니다. 육식을 아니하는 그 한 가지만 지키셔도 장차 큰 복을 누리시게 될 것입니다."

하루가 지나가는 것이 못내 안타깝고 아쉬운 듯, 거사와 선묘 낭자는 이른 아침부터 의상스님 앞에 단정히 앉아 스님의 설법을 청하는 것이었다.

그럼에도 의상스님은 귀찮다는 기색도 없이 알아듣기 쉽도록 자상하게 설법을 들려주었다.

"저⋯⋯ 스님."

"예, 말씀하시지요."

"부처님께서는 소녀같은 속인들에게 다섯 가지 계를 지키라 당부하셨습니다."

"예, 그러셨지요."

"하온데, 부처님께서 다섯 가지 계를 지키라고 당부하신 데는 그만한 뜻이 있으셨을 터이니 그 뜻을 소상하게 가르쳐 주십시오."

"⋯⋯그러지요. 그러면 이번에도 소승이 물을 것이니 두 분이 어디 한번 대답해 보십시오."

"⋯⋯예."

선묘 낭자와 거사가 나란히 대답했다.

"짐승을 죽이거나, 사람을 죽이거나 죽이기를 좋아하는 사람은 과연 착한 사람이겠습니까?"

"아, 아닙니다. 착한 사람이 아닙니다."

"아, 죽이기를 좋아하는 사람이야 악독한 사람이지요."

"그러면 남의 집 담을 넘어 들어가서 남의 집 재물을 훔치는 사람은 과연 착한 사람이겠습니까?"

"아닙니다. 도둑질 하는 사람은 나쁜 사람이지요."

"그, 그렇지요. 세상에 도둑질 하는 놈을 어느 누가 칙하다고 하셨습니까요."

"그러면 거짓말로 남을 속이고, 친구 사이에 이간질을 잘하고, 모함을 잘하며 욕설을 마구 하고, 악담을 퍼붓는 사람은 과연 착한 사람이겠습니까?"

"아닙니다. 그런 사람은 나쁜 사람입니다."

"그러면 남의 부인을 범하고, 남의 남편을 범하며 자기의 부인과 자기의 남편을 속이는 사람은 과연 착한 사람이겠습니까?"

"그, 그야 나쁜 사람입지요."

"그러면 아무 때나, 아무 데서나 기회만 있으면 술을 마시고 술에 취해서, 누구에게나 시비를 걸고, 걸핏하면 누구에게나 행패를 부리며 재산을 탕진하고 몸을 망치는 사람은 과연 착한 사람이겠습니까?"

"아니옵니다. 그런 사람은 결코 착한 사람이 아닙니다."

"그런 주정뱅이는 어느 누구도 상대해 주지 않을 것입니다요."

"그렇습니다. 살생을 좋아하고, 훔치기를 좋아 하고, 거짓말을 자주 하고, 삿된 음행을 범하고, 아무 때나 아무 데서나 술을 마구 마시는 사람, 이런 사람은 결코 착한 사람이라 할 수가 없을 것입니다. 게다가 이런 사람은 결코 어느 누구도 가까이 하려고 하지 않습니다. 그래서 부처님께서는 이 세상 모든 중생들에게, 이 세상에서 가장 존귀한 사람의 몸을 받아 태어났으면 사람다운 사람이 되어 사람답게 살라는 뜻에서 착한 심성을 지키고 기르라고, 우선 다섯 가지 나쁜 짓을 금하라고 하셨던 것입니다."

의상대사는 중국 산동성 등주에 있는 신심 깊은 거사의 집에 닷새를 더 머물면서 거사 내외와 선묘 낭자를 위해 부처님의 가르침을 한 가지, 또 한 가지 자세하게 전해 주었다.

"차 한 잔 드십시오, 스님."

선묘 낭자가 찻잔에 차를 따랐다.

"고맙습니다."

"나한테도 한 잔 따르거라."

중국인 거사가 찻잔을 내밀었다. 선묘 낭자가 정성껏 또 한잔의 차를 따랐다.

"자 드시지요, 스님."

"예."

의상스님과 거사가 차를 마시고 찻잔을 내려놓자 기다렸다는 듯이 선묘 낭자가 스님에게 묻는 것이었다.

"하온데 스님, 경책을 보았더니만 부처님께서 우리 중생들에게 여섯 가지 바라밀을 행하라 당부하셨던데요."

"예, 그러셨지요."

"그래, 그래. 나도 그것을 읽었다. 그런데 그 바라밀이란 것이 무엇인지를 알 수가 없더구나. 스님, 그 바라밀이란 대체 무슨 뜻인지요?"

중국인 거사도 궁금한 표정으로 의상스님을 쳐다보았다.

"예. 바라밀이란 근심, 걱정, 괴로움이 가득한 이 세상에서, 근심 걱정도 없고 괴로움도 없는 깨달음의 세상, 지혜의 세상, 부처님의 경지로 들어가는 열쇠라고 할 수 있을 것입니다."

"하오시면 여섯 가지 바라밀을 행하면 깨달음의 세상, 지혜의 세상, 부처님의 경지에 들어갈 수 있다는 말씀이신지요?"

"그렇습니다. 거사님께서도, 낭자께서도 부처님이 당부하신 여섯 가지 바라밀을 그대로 행하시면 반드시 깨달음의 세상, 지혜의 세상이 당도하실 것입니다."

"그, 그러면 그 여섯 가지 바라밀을 그대로 실행해서 깨달음을 얻게되면 정말로 근심 걱정 괴로움이 다 없어지게 되옵니까요, 스님?"

"이 세상 중생 어느 누구나, 많이 배운 사람이나 배우지 못한 사람이나, 부자로 사는 사람이나 가난한 사람이나, 농사를 짓는 사람이나 장사를 하는 사람이나, 도구를 만드는 사람이나 국록을 먹는 사람이나 모두 다 부처님의 지혜는 배울 수가 있고 또 누구나 얻을 수가 있습니다.

부처님이 이르신대로만 배우고, 부처님이 이르신대로만 실행하면 이 세상 근심 걱정 괴로움은 저절로 모두 다 사라지게 됩니다."

"과연, 과연 그렇게 되는 것이옵니까요, 스님?"

선묘 낭자가 귀가 솔깃한 듯 물었다.

"믿기지 아니하시면 소승이 물을 것이니 낭자께서 대답해 보십시오."

"예, 그리하겠습니다."

의상스님은 차 한 모금으로 목을 축인 후에 선묘 낭자에게 물었다.

"부처님께서 이르신 여섯 가지 바라밀은 깨달음을 얻고 지혜에 이르고, 보살이 되고, 부처가 되는 여섯 개의 열쇠라고 말씀드렸습니다."

"예."

"이 여섯 가지 바라밀 가운데서 부처님이 맨처음에 당부하신 바라밀은 과연 무엇이던가요?"

"……예. 첫째로 당부하신 것은 보시 바라밀이셨습니다."

"그렇습니다. 부처님께서 맨처음에 당부하신 바라밀은 보시 바

라밀입니다.

그럼 이제부터 소승이 여쭐 것이니 거사님과 낭자께서 대답하십시오."

"예."

두 사람이 대답하자 의상스님이 말을 이었다.

"욕심이 아주 많은 사람이 한 사람 있습니다. 이 사람은 아홉을 가지고 있으면서도 열 개를 채우지 못해 안달입니다.

아둥바둥 거짓말을 하고 속이기도 하고, 그래도 마음대로 욕심을 채우지 못하자 종국에는 사람을 해치고 빼앗았습니다.

그런데 정작 열 개를 채우고 나자 이번에는 스물을 채우려고 또다시 안달하기 시작합니다.

온갖 나쁜 짓을 다 해서 설흔 개를 채우고 나면 다시 마흔 개, 마흔 개를 채우고 나면 쉰 개, 쉰 개를 채우고 나면 또 다시 예순 개, 이렇게 끝도 없이 자꾸자꾸 욕심을 채우려고 합니다.

과연 이 사람에게 근심 걱정 괴로움이 언제쯤 사라지게 되겠습니까?"

"그 사람에게는 근심 걱정 괴로움은 사라지지 않을 것입니다."

선묘 낭자가 대답하자 의상스님은 빙그레 웃었다.

"아닙니다. 그 사람에게도 근심 걱정 괴로움이 사라질 날은 반드시 있습니다. 숨을 거두고 세상을 떠나면 근심 걱정 괴로움도 사라지게 되니까요."

 조용히 듣고 있던 중국인 거사가 고개를 끄덕였다.

 "과연 그렇겠습니다. 허나 살아 생전에는 허구헌날 근심 걱정 괴로움으로 편할 날이 없었겠습니다."

 "그렇습니다. 그래서 부처님께서는 더 많이 가지려고 욕심내지 말라고 이르셨습니다.

 더 많이 먹고, 더 많이 입고, 더 많이 쓰고, 더 많이 쌓아두려고 하면 거기에는 반드시 거짓이 따르고 도둑질이 따르고 살생이 따르고, 중상모략이 따르고 온갖 악행이 뒤따르게 마련입니다.

 그러나, 더 가지려는 욕심 대신에, 더 빼앗으려는 허욕 대신에, 내가 가진 것에 만족하고, 내가 가진 것을 남에게 베풀고 나누어 주려는 마음을 지니고 행하면, 그 사람은 그 순간부터 마음이 편안해지고 흡족해져서 근심 걱정 괴로움은 차차 사라지게 됩니다."

 "더 가지려는 데서 근심 걱정이 생기고, 더 많이 쌓아두려는 데서 괴로움이 생긴다는 말씀이시지요?"

 "그렇습니다. 나누어 주기를 좋아하는 사람은 언제나 마음이 즐겁습니다. 베풀기를 좋아하는 사람은 마음이 늘 편안합니다. 거기에 무슨 근심 걱정 괴로움이 들어올 수 있겠습니까?"

 의상스님의 법문 한 마디 한 마디는 촉촉한 봄비가 대지를 적시듯이 거사와 선묘 낭자의 마음 속에 젖어 들었다.

"하오면 스님, 나누어 주고 베풀려는 생각으로 늘 그렇게 실행하면 그것이 바로 지혜에 이르는 길이라는 말씀이신가요?"

"……그렇습니다. 한 번 나누어 주고, 두 번 나누어 주고 세 번 나누어 주면 그땐 나누어 주는 즐거움이 얼마나 큰 것인 줄 아시게 됩니다. 나누어 주고, 베풀어 주는 일을 한 사람이 실행하고, 두 사람이 실행하고, 열 사람, 백 사람, 천 사람, 만 사람, 나중에는 이 세상 모든 사람이 다 그렇게 할 적에 과연 이 세상은 어떻게 되겠습니까?"

"그렇게만 되면 그땐 정말 이 세상이 극락이 되겠습니다."

"바로 그렇습니다. 그래서 우리 부처님께서는 극락을 저 세상에 만들려 하지 말고, 지금 우리 중생이 살고 있는 바로 이 세상을 극락으로 만들라고 이렇게 당부하셨습니다.

'살아서는 죄를 짓고, 죽어서는 극락가기를 바라지 말라.
무거운 돌멩이를 연못에다 던져놓고 제 아무리 떠올라라 떠올라라 빌어본들 돌멩이는 물 위로 떠오르지 않는다.
욕심을 버리고 보시 바라밀을 닦아라.
성냄을 버리고 인욕 바라밀을 닦아라.
어리석음을 버리고 지혜 바라밀을 닦아라.
그리하면 바로 너의 집이 극락이 될 것이요, 네 이웃이 극락이 될 것이요, 이 세상이 온통 극락이 될 것이다!'"

의상스님으로부터 부처님의 말씀을 듣던 선묘 낭자가 물었다.
"하오시면 스님, 극락은 하늘 위에 있는 것이 아니옵니까?"
"극락은 하늘 위에 있는 것이 아닙니다."
"그러면 지옥도 땅 속에 있는 것이 아니란 말씀이십니까요?"
"지옥도 땅 속에 있는 것이 결코 아닙니다."
"그러시오면, 대체 극락과 지옥은 어디에 있다는 말씀이시온지요?"
"극락을 하늘에서 찾으려는 것은 어리석은 짓이요, 지옥을 땅 속에서 찾으려는 것도 어리석은 짓입니다."
"하오시면 대체 극락과 지옥은 어디에 있다는 말씀이십니까?"
"극락과 지옥은 내 마음 속에 있고, 극락과 지옥은 내 집에 있으며, 극락과 지옥은 내 이웃에 있고, 극락과 지옥은 바로 이 세상에 있습니다."
"소녀는 무슨 말씀이신지 잘 알아듣지 못하겠사옵니다."
"사람마다 착한 마음으로 착한 행동을 하면 바로 거기에 극락이 세워지고, 악한 마음으로 악한 짓을 하면 바로 그 자리에 지옥이 들어선다는 말이지요."

중국인 거사는 그 말씀에 한참동안이나 고개를 끄덕였다.

"아, 알겠습니다요. 그렇게 말씀해 주시니 이제는 알겠습니다요."
의상스님이 이번에는 선묘 낭자를 쳐다보았다.
"낭자께서는 이제 아시겠습니까?"
"......예, 오늘 스님의 설법을 들은 공덕으로, 소녀는 조그마한 극락이라도 내 손으로 세워야겠다는 다짐을 하게 되었사옵니다."

신심 깊은 거사와 선묘 낭자의 간청을 받아들여 닷새를 더 머물기로 한 의상스님이 이렇게 설법으로 나흘을 보내고보니 이제 하룻밤만 지나면 떠나기로 한 날이었다.
선묘 낭자가 물었다.
"스님, 내일 아침이면 떠나시겠지요?"
"떠나기로 한 사람이니 떠나야지요."
"박복한 소녀, 팔자가 기박하여 당나라에 잡혀오는 신세가 되어 그동안 이렇게 만리타국에서 눈물로 세월을 보내고 있었사옵니다."
"마음 고생이 많았을 것이오."
"하오나 이 만리타국에서 스님을 만나뵙게 되었고, 스님의 자비로운 법문을 듣게 되었으니 이것은 참으로 부처님의 크신 은덕인가 하옵니다."
"이 댁에 머무는 동안 거사님 내외분과 낭자께 큰 신세를 졌으니 어느 세월에 그 많은 빚을 다 갚을지 참으로 아득합니다."
"아니시옵니다, 스님. 그동안 내려주신 자비로운 법문만 해도 소녀는 그 은혜를 세세생생 다 갚지 못할 것이옵니다."
"원 무슨 그런 말씀을……. 낯선 땅 중국에 와서 우리 신라의 낭자를 만난 것만 해도 큰 은혜였거늘 거기에다 오랫동안 신세까지 졌으니 참으로 몸둘 바를 모르겠습니다."
가만히 의상스님을 쳐다보던 선묘 낭자가 나직한 목소리로 의상스님을 불렀다.
"……하온데, 스님."
"예, 말씀하시지요."
"……소녀, 한 가지 간절한 소원이 있사옵니다."
"……무슨 말씀이시오, 낭자?"
"소녀, 세세생생 스님께 귀의하여 세세생생 스님을 모시고자 하오니 허락하여 주십시오."
의상스님은 기가 막혔다.
"……그, 그건 아니될 말씀이시오."
"어찌하여 아니된다 하시옵니까?"
"나는 이미 출가하여 수행자가 되었으니 세속의 인연은 이미 떠난 사람, 감히 어찌 그런 청을 받아 줄 수가 있겠습니까?"
그러나 선묘 낭자는 막무가내였다.

"……스님은 참으로 목석이시옵니까? 이 밤이 지나면 떠나실 스님께서 참으로 너무하시옵니다."

마침내 선묘 낭자가 울음을 터뜨렸다.

"……미안하오, 낭자."

"이 박복한 소녀, 신라의 핏줄을 낳을 수만 있다면 더 이상 다른 여한은 없을 것이옵니다."

"이것 보시오, 낭자."

"스님께서 이 박복한 소녀의 마지막 소원을 들어주지 아니하신다면 소녀는 차라리 이 은장도로 몸을 갈라 죽고 말 것이옵니다."

"아니, 왜 이러시오, 낭자!"

칼날이 시퍼렇게 번쩍이는 은장도를 뽑아들고 선묘 낭자는 의상스님께 눈물로 호소를 하는 것이었으니, 의상스님은 뜻하지 않은 일을 당해 어찌 할 바를 모르고 쩔쩔 매는 것이었다.

"이 일을 당하여 스님께선 과연 어찌 하시겠습니까? 이 박복한 소녀가 죽는 것을 보시겠사옵니까, 아니시면 이 불쌍한 소녀의 마지막 소원을 들어주시겠습니까?"

의상스님은 아무 말도 못하고 그저 가벼운 신음 소리만 내는 것이었다.

"어서 대답해 주십시오."

"……"

"어찌 대답이 없으시옵니까? 예? 스님?"
"……이것 보시오, 낭자!"
"……말씀…… 해 주십시오."
의상스님이 침울한 목소리로 말했다.
"차라리 그 칼을 나에게 빌려 주시오."
"예에? ……칼을…… 빌려…… 달라구요?"
"낭자의 그 칼로 차라리 내가 죽는 것이 옳을 것이오!"
"……아니…… 스님께서…… 죽는 것이 옳겠다니요?"
 의상스님은 답답하다는 듯이 잠시 선묘 낭자를 쳐다본 후에 단호하게 말했다.
 "나는 이미 삭발 출가할 적에 부처님께 맹세를 했었소. 뼈가 부서지고 살이 썩어서 한 줌의 흙으로 돌아가더라도 결코 부처님이 이르신 계율을 어기지 않겠노라고 말이오.
 자, 보시오. 이 팔뚝에 심지를 박고 불을 붙여 다짐한 그 서약을 감히 내가 어찌 스스로 저버릴 수가 있겠소이까?
 그러니 내가 오늘 차라리 이 자리에서 죽을 것이니 그 칼을 이리 내놓으시오."
 의상스님의 결연한 태도에 선묘 낭자는 그 자리에 고개를 숙이고 엎드리는 것이었다.
 "……잘못했습니다, 스님. 제가…… 잘못했사옵니다."

 선묘 낭자가 방바닥에 엎드려 울먹이자 의상스님이 따뜻한 목소리로 말했다.
 "이것 보시오, 낭자. 인생은 참으로 풀잎의 이슬이오. 인생 육십은 잠깐이면 지나가니, 허망한 세상사에 집착하지 마시오. 모두가…… 모두가 부질없는 것이오."
 "……흑흑흑……. 스님."
 "……말씀 하시오."
 "어리석은 소녀의 죄를 용서하여 주십시오."
 "칼을 거두었으니 이미 용서가 되었습니다."
 "소녀, 비록 스님을 따라 모시지는 못하더라도 세세생생 스님의 불제자가 되어 결코 스님 곁을 떠나지 않을 것이옵니다."
 "착한 일, 좋은 일을 많이 하고 계십시오. 소승이 공부를 마치고 돌아갈 적에는 반드시 낭자를 찾아볼 것이오."
 "……말씀만으로도 고맙습니다. 스님…… 정말 고맙습니다."
 선묘 낭자는 방바닥에 엎드려서 한참동안이나 일어날 줄을 몰랐다.

5
무거운 엽전을 제발 가져 가시오

　의상스님은 그 다음날 아침에 걸망을 챙겨 짊어지고 방문을 나섰다.
　밖에는 신심 깊은 거사 부부와 선묘 낭자가 이미 나와 서 있었다.
　선묘 낭자가 보따리를 하나 내밀었다.
　"스님, 이것을 받아 주십시오."
　"무엇을…… 받으라 하시는지요."
　의상스님이 선뜻 받지않고 머뭇거리자 선묘 낭자가 말했다.
　"이것은 그동안 소녀가 정성으로 지어놓은 법복이옵니다. 부디 가지고 가셔서 입으시면 소녀에게는 커다란 광영이겠사옵니다."
　"……법복이라니 고맙게 간수했다가 훗날 입도록 하겠습니다. 자, 그럼 편안히들 잘 계십시오. 그동안 끼친 신세가 너무 많습니

다."

 "아이구 원 무슨 그런 말씀을요. 자, 그리고 이건 얼마되지 아니합니다마는 걸망에 넣으십시오."

 중국인 거사가 이렇게 말하며 무엇인가를 의상스님의 걸망에 집어넣는 것이었다.

 "아니, 이건 또 무엇인데 이렇게 걸망에 넣으십니까?"

 "얼마 되지는 아니합니다마는 엽전을 좀 마련했습니다."

 "아, 아닙니다. 소승은 탁발을 해가면서 갈 수 있으니 엽전 같은 것은 없어도 괜찮습니다."

 의상스님이 극구 만류하였으나 중국인 거사도 지지 않았다.

 "아, 아닙니다요. 여기서 종남산까지는 천리도 넘는 길입니다. 신발도 사 신으셔야 할 것이요, 공양도 가끔은 사 드셔야 할 것이니 아무 말씀 하지 마시고 그대로 넣어두십시오."

 "허허, 이거 그동안 이 댁에 눌러앉아 짊어진 빚만 해도 몇 생을 두고 갚아야 할 일인데 게다가 또 이렇게 노잣돈까지 얻어가지고 가면 대체 이 많은 빚을 몇십 생에 걸쳐서 갚으라는 말씀인지요?"

 "원 무슨 그런 당치 않은 말씀을 하십니까요? 그동안 스님께서 저희들에게 들려주신 자비 법문만 해도 두고두고 좋은 가르침이 되어 줄 일인데요."

 "아무튼 소승, 신세만 많이 지고 떠나갑니다."

"아무쪼록 도를 잘 닦으셔서 도인 스님이 되어 주십시오."

중국인 거사가 헤어짐을 아쉬워 하며 인사를 하자 선묘 낭자가 한 발 앞으로 나왔다.

"스님, 소녀가 저 큰 길까지만이라도 배웅해 드리고자 하오니 허락하여 주십시오."

중국인 거사가 고개를 끄덕였다.

"어, 그래 그래 그게 좋겠구나. 선묘 네가 잘 모셔 드리고 오너라."

"자, 그럼 편히 계십시오."

"조심해서 잘 가십시오, 스님."

의상스님은 걸망을 짊어진 채 거사의 집을 나섰다.

거사의 집에서 큰길까지는 한참이나 걸어야 했다.

선묘 낭자는 아무 말 없이 그저 의상스님의 뒤를 조용하게 따라오는 것이었다.

큰길에 당도하자 의상스님이 걸음을 멈추고 뒤를 돌아보았다.

"선묘 낭자."

"……예, 스님."

"이제 그만 돌아가셔야지요."

"……예. 하오나 소녀, 마지막으로 스님께 부탁드릴 말씀이 있사

옵니다."

의상스님은 잠시 걸음을 멈추었다.

"……무슨…… 말씀이신지……?"

"소녀는 스님께서 공부를 무사히 마치시고 다시 이 포구에 오실 때까지 결코 이곳을 떠나지 아니할 것이옵니다."

"소승 종남산에 들어가면 십 년이 걸릴 지, 삼십 년이 걸릴 지 모를 일입니다. 낭자는 부디 좋은 배필을 만나서 가정을 이루어 잘 살도록 하시오."

"아니옵니다. 소녀는…… 기필코 스님을 기다릴 것이옵니다."

이렇게 말하는 선묘 낭자의 눈가에 반짝 물기가 비쳤다 사라졌다.

선묘 낭자와 헤어진 의상스님은 묻고 물어서 장안을 거쳐 종남산으로 향했다. 이때만 해도 타고 갈 교통 수단이 아무것도 없었던 때라 형편이 좀 나은 사람이라 해도 나귀를 타고 다니는 것이 고작이었다.

그러나 출가 수행자는 나귀를 타고 다니는 것조차 허락되지 아니할 때라 의상스님은 별수없이 걷고 걸어서 멀고 먼 천 리 길을 가야만 했다.

그리고 보면 옛날 스님들의 구도열이 과연 어느 정도였는지 놀라지 않을 수가 없고, 참으로 존경하지 않을 수가 없다.
 의상스님이 몇 달째 걷고 걸어서 어느 깊숙한 산허리 하나를 또 넘어가고 있을 때였다.
 갑자기 큰 목소리가 뒤에서 들려왔다.
 "거기 가는 나그네는 꼼짝 말고 그 자리에 섰거라!"
 "으음?"
 등 뒤에서 크게 외치는 소리에 의상대사가 걸음을 멈추고 몸을 돌려 뒤를 돌아보니 험상궂게 생긴 사내 둘이, 한 사내는 손에 칼을 들고, 또 한 사내는 손에 커다란 몽둥이를 들고 다가오는 것이었다.
 칼을 든 사내가 다시 소리쳤다.
 "꼼짝 말고 그 자리에 서 있으렷다!"
 의상스님이 돌아서서 물었다.
 "아니, 대체 당신들은 무엇하는 사람들이기에 지나가는 나그네를 불러 세운단 말이오?"
 "하하하하······. 보면 모르겠느냐? 우리는 산도적이다!"
 "산도적이라?"
 "그렇다. 좋은 말로 할 적에 등에 짊어진 그 보따리를 벗어 이 앞으로 내려 놓아라!"
 "알았소이다. ······ 이 걸망이 그렇게도 욕심이 나더란 말이오?"

의상대사는 등에 짊어졌던 걸망을 내려놓았다.
"자, 벗어놓았으니 마음대로 하시오."
"이 보따리 속에는 과연 무슨 보물이 들어있는고? …… 어디 한 번 보자."
산도적들은 급히 걸망을 뒤져서 책을 꺼냈다. 그리고는 서로의 얼굴을 쳐다보는 것이었다.
"아니, 이건 불경책들이 아닌가, 이거?"
"불경책이라니? 어어, 당신 쓰고 있는 삿갓을 좀 벗어봐!"
"허허, 그 양반들 삿갓은 또 왜 벗으라는 게요?"
의상대사는 웃으면서 삿갓을 벗었다.
"자, 왜 그러시오?"
순간 산도적들의 눈이 휘둥그레졌다.
"허허, 이거 승려 아닌가!"
"여보시오! 스님이면 진작에 스님이라고 말을 할 것이지 왜 우리들을 헛고생 시키오?"
"허허, 언제 당신들이 나한테 말 할 틈이나 주었소?"
산도적들은 서로의 얼굴을 떨떠름한 표정으로 쳐다보았다.
"재수가 없으려니까 불경책 짊어진 승려를 만났네 그려."
칼을 든 산도적이 의상스님에게 말했다.
"여보시오, 재수 없으니 빨리 가도록 하슈."

그러나 의상대사는 얼른 도망가기는 커녕 돌아서 가려던 산도둑을 불러 세웠다.
"이것 보시오!"
"아, 왜 그래요?"
산도적이 귀찮다는 듯이 대답했다.
의상대사는 불경책들을 챙기며 산도적에게 묻는 것이었다.
"이런 불경책들은 갖고 싶지도 않으시오?"
그러자 산도적 하나가 소리를 질러댔다.
"아니, 이 승려가 이거 누구 약을 올리는 겐가? 어서 가버리란 말이오!"
"허허, 그 양반들 참!"
먼저 발길을 돌리려던 산도적 하나가 다른 산도적에게 소리쳤다.
"야, 야! 빨리 오지 않구 뭘 하고 있어! 읽지두 보지두 못할 불경책이 욕심나서 그러냐?"
다른 산도적도 발걸음을 옮기며 의상대사에게 한 마디 던지는 것이었다.
"여보시오, 다른 사람을 만나거든 산속에서 산도적을 만났다는 소리는 하지두 마슈……. 알았소?"
산도적들이 서둘러 그 자리를 떠나려하자 의상대사가 그들을 다

시 불러 세웠다.
"아, 아 잠깐만 기다리시오."
"이, 왜 그래요?"
"이걸 빼앗아 가려고 그랬을 터인데?"
의상대사는 걸망 속에서 중국인 거사가 헤어질 때 넣어준 엽전 꾸러미를 꺼내서 흔들어댔다.
산도적은 저만큼 가다가 동전꾸러미 소리를 듣고는 등을 홱 돌려 뛰어왔다.
"아니, 그게 무엇이란 말이오?"
"얼마나 되는지는 모르겠소이다마는 엽전 꾸러미요."
"무엇이? 엽전?"
먼저 앞서서 걸어가던 산도적이 무슨 일인가 하고 되돌아 왔다.
"뭘 하고 있는 게야, 대체?"
"자, 이걸 보시오!"
의상대사는 손에 들고 있던 엽전을 땅바닥에 쏟아 놓았다.
"아니, 이거 엽전 아냐?"
의상대사는 빙그레 웃었다.
"미련하게도 이 무거운 걸 짊어지고 오느라고 죽을 지경이었는데, 당신들 마침 잘 만났소."
"뭐라, 잘 만났다구?"

도적들이 서로의 얼굴을 쳐다보며 기가 막히다는 표정을 지었다.

"이 무거운 엽전을 제발 좀 가져가 주시오!"

"뭐라구? 제발 가져가 달라구?"

"허허, 나 원 참! 산도적 이십 년에 별 희한한 중을 다 보겠네! 여보, 당신 정말 제 정신이오?"

의상스님은 산도적들의 얼굴을 번갈아 쳐다보았다.

"나야 늘 제 정신이오만, 보아 하니 당신들이 제정신이 아니로구면."

산도적들이 기분 나쁘다는 듯 대들었다.

"뭐요? 우리가 제 정신이 아니라구?"

"자, 그럼 나는 그만 가볼테니 이 엽전들이나 챙겨 가지고 가시오. 그대신 내 부탁이 한 가지 있소."

"부탁이라니?"

멍하니 서 있던 도적이 의아해서 물었다.

"재물이라고 하는 것은 좋은 일, 착한 일에 쓰면 보약이요, 나쁜 일, 더러운 짓에 쓰면 독약이 되는 것이니 기왕에 재물을 쓰려면 착한 일, 좋은 일 하는 데에 쓰도록 하시오!"

의상대사가 말을 마친 후, 걸망을 짊어지고 뒤도 돌아보지 아니하고 저만큼 걸어가자, 두 산도적은 그만 얼이 빠져서 서로 얼굴

만 쳐다보고 있었다.

잠시후 정신을 차린 산도적들은 서둘러 의상대사를 불렀다.

"여, 여보시오. 거기 잠깐 서시오!"

"서기 서란 말이오!"

"너이상 줄 깃도 없는데 왜 또 시라는 게요?"

의상대사가 그 자리에 멈춰서 뒤를 돌아보았다.

"스님, 저희들이 스님을 알아뵙지 못하고 죽을 죄를 지었습니다요."

"보아하니 도인 스님 같으신데 제발 도술을 부려가지고 저희들을 죽이지 마시고 목숨만 살려주십시오."

두 산도적은 서 있던 자리에서 무릎을 꿇어 엎드린채 두손을 싹싹 빌었다.

의상스님의 얼굴에는 희미하게 미소가 어렸다.

"그럽시다. 보아하니 당신들도 본래는 심성이 착한 것 같으니 내 용서할 것이오."

"……고맙습니다, 스님. 정말 고맙습니다요, 스님."

산도적들은 머리를 땅에 조아린채 그저 고맙다는 말만 되내이고 있었다.

6
과일 맛을 제대로 보셨네

옛문헌인 송고승전이나 부석본비, 그리고 삼국유사에는 의상스님이 당나라에 들어간 년대가 각각 다르게 기록되어 있어서 어느 기록이 맞는 것인지는 정확하게 알 길이 없다.

그러나 여러 기록을 종합해 보면 의상스님이 당나라에 들어간 것은 서기로 661년이요, 등주에서 머물다가 양주, 장안을 거쳐 종남산 지상사에 당도하여 지엄화상을 만나뵙게 된 것은 그 다음 해인 서기 662년이다.

그러니까 의상스님은 중국 산동성 등주로부터 수 개월을 걸어서 해를 넘기고 그 다음 해에야 종남산 지상사에 당도했던 셈이다.

"객승 문안드리옵니다. …… 객승 문안드리옵니다."
의상스님이 몇 번인가를 부르자 안에서 젊은 승려가 나왔다.

"저…… 혹시 해동국 신라에서 오시는 스님 아니십니까?"

지상사에서 나온 젊은 승려가 의상스님을 보고는 느닷없이 해동국 신라에서 왔느냐고 묻는 것이었으니 의상스님은 깜짝 놀랐다.

"예에? 아니 소승이 해동국 신라에서 오는 줄을 어찌 알고 계신단 말이십니까?"

의상스님이 해동국에서 왔다고 하자 오히려 물어보았던 젊은 승려가 놀라는 것이었다.

"아이구, 그럼 정말로 해동국 신라에서 오셨습니까요?"

"예, 소승 해동국 신라에서 온 의상이라 하옵니다만……."

젊은 승려는 기가 막히다는 표정이었다.

"세상에 이럴 수가 있습니까요?"

의상스님은 도대체 어찌된 영문인지를 알 수가 없었다.

"대체 어찌된 일이시온지요?"

"어서 안으로 들어가십시다. 오늘 아침에 우리 지엄화상께서 저희들에게 분부하시기를 멀리 해동국 신라에서 스님 한 분이 오실 것이니 문 밖에서 기다렸다가 잘 모시라 하셨습니다요."

"아니, 그럼 지엄화상께서는 소승이 오늘 이 지상사에 올 것을 미리 알고 계셨더란 말씀이시옵니까?"

"그러니까 이상한 일이라는 것이 아니겠습니까? 허기야 우리 지엄화상께서는 앉아서 천 리를 보시고 서서는 삼천 리를 보신다는 도인 스님이시긴 합니다만……."

사설을 늘어놓던 젊은 승려는 다시 의상스님의 얼굴을 쳐다보다가 생각이 났다는듯 말했다.

"자, 어서 들어가십시다. 지엄화상께서 아까부터 기다리고 계십니다요."

참으로 기이한 일이었다. 어느 인편에 미리 기별을 한 일도 없고, 서찰을 보낸 일도 없는데 산속에 들어 앉아 있는 지엄화상이, 의상스님이 지상사에 올것을 미리 알고 있었다니 이거야말로 신령스런 일이 아닐 수 없었다.

의상스님은 그만 미리부터 주눅이 들어서 지엄화상 앞에 넙죽 엎드려 큰절부터 올렸다.

"해동국 신라에서 온 의상, 노스님께 삼가 문안 올리옵니다."

"내 그대가 올 줄을 미리 알고 있었네. 좀 더 가까이 오시게."

지엄화상은 반갑게 의상스님을 맞았다.

"예."

"수륙만리 먼 길에 참으로 고생이 많으셨을 게야."

"아, 아니옵니다. 소승 노스님 문하에서 공부하기를 소원하고 찾아뵈었사오니 아무쪼록 거두어 주십시오."

"내 문하에서 공부를 하고 싶다?"

"……예, 그렇사옵니다."

"만약 내가 그대를 받아주지 아니하겠다면 어찌 하겠는고?"
지엄화상은 얼굴에 웃음기를 머금고 물었다.
"지상사 담 밖에서라도 노스님의 가르침을 받을 것이옵니다."
"담 밖에서라도 가르침을 받겠나?"
"그렇사옵니다."
"만일 담 밖에 서 있는 것도 허락치 아니하면 어찌 할 것인고?"
"하오시면 일주문 문 밖에서라도 노스님의 가르침을 받고자 하옵니다."
"일주문 근처에 서 있는 것도 허락치 아니하면 그땐 어찌 하려고 찾아 왔는가?"
지엄화상의 조금은 장난스런 질문에 의상대사는 그만 할 말을 잊었다.
"……말씀 올리기 송구하오나 만일 노스님께서 일주문 근처에 있는 것조차 허락치 아니하신다면……."
"그래, 그땐 대체 어찌 하려고 무작정 그 먼 길을 왔더란 말인고?"
"만일 노스님께서 허락치 아니하신다면 소승 종남산 산자락에 서서라도 노스님의 가르침을 배울 것이옵니다."
"허허허허……. 이것 보시게."
"예, 스님."

"그대의 법명이 무엇이라고 그러셨던가?"
"예, 옳을 의자, 물 이름 상자, 의상(義湘)이라고 하옵니다."
"여보시게, 의상!"
"예, 스님."
"내 간밤에 꿈을 꾸었는데……."
"……예."
"해동국에 큰 나무가 자라서 그 잎과 줄기가 우리 중국 종남산까지 뒤덮었어."
"……꿈에 말씀이시옵니까?"
"그래……. 간밤 꿈에 그랬단 말이야. 헌데 그 나무가 하두 크게 자랐기에 내가 그 나뭇가지 위로 올라가 보았어."
"……아, 예."
"그랬더니 그 나뭇가지 위에 큰 봉황새 둥우리가 있질 않겠는가?"
"……봉…… 황새 둥우리가 말씀이시옵니까?"
"그래……. 헌데 그 봉황새 둥우리 속을 가만히 들여다 보았더니 놀랍게도 그 안에는 마니 보주가 들어 있었어."
"마니…… 보주라니요, 스님?"
"용왕의 머리에서 나왔다는 여의주 구슬 말일세. 그 구슬을 지니고 있으면 어떠한 독으로도 해칠 수 없고, 불에 태워도 타지 아니

한다는 그 보물 마니보주가 있더란 말이야."

"……아, 예."

"내가 간밤에 바로 그런 꿈을 꾸었으니, 내가 그대를 받아주겠느가, 물리치겠는가?"

당시 중국 당나라 불교 화엄종의 제 2조로 숭앙받고 있던 당대의 고승 지엄화상은 바다 건너 해동국 신라에서 온 의상을 그윽히 바라보더니만 다시 묻는 것이었다.

"그대는 대체 무엇을 얻겠다고 수륙만리 이 종남산에 오셨더란 말이신가?"

"예, 소승은 부처님의 바른 법을 구하러 왔사옵니다."

"해동국 신라에는 부처님의 바른 법이 없더란 말이신가?"

"아, 아니옵니다. 소승이 알기로는 부처님께옵서는 가엾은 이 사바 세계 중생들을 위해서 백 가지, 천 가지 진리의 과일을 나누어 주셨습니다."

"백 가지 천 가지, 진리의 과일을 나누어 주셨다?"

"그렇사옵니다. 하오나 우리 해동국 신라에서는 아직 백 가지 천 가지 과일을 다 맛볼 수 없었사옵니다."

"허면, 과연 그대는 신라에 있을 적에 부처님의 어떤 과일을 맛보았는고?"

"예, 소승은 낭지법사의 문하에서 법화경을 배웠사옵고, 보덕화상 문하에서는 열반경과 유마경을 배웠사옵니다."

"허허허허…… 허면 이 종남산에는 대체 어떤 과일이 있다고 들으셨는가?"

"예, 이 종남산 지상사 스님의 문하에 들면 화엄이라는 크나큰 과일을 먹을 수 있다 하기에 그 과일을 먹으러 왔사옵니다."

"허허, 그 사람 참 욕심도 많구먼. 내 그대에게 한 가지 물을 것이니 대답을 해보시겠는가?"

"……예."

"어떤 사람은 맛있는 과일을 먹었으되 제대로 삭이지를 못하니 이런 사람은 다른 과일을 먹어도 이득이 없는 법, 그대는 과연 그동안 먹은 과일 맛을 제대로 알고나 먹으셨는가?"

"소승이 감히 부처님이 주신 진리의 과일 맛을 속속들이 다 알았다고는 차마 말씀드릴 수가 없사옵니다."

"그러면 어디 대답해 보시게. 부처님께서 열반경 장수품에 오래오래 사는 업을 말씀하셨거늘 과연 부처님께서는 무엇이라 이르셨는가?"

"예, 부처님께서는 제자 가아사파에게 이렇게 이르셨사옵니다.

'보살이 오래오래 살려거든 모든 중생들을 친자식처럼 보살펴야 한다.

크게 사랑하고, 크게 가엾이 여기고, 크게 기뻐하며, 크게 버리는

 평등한 마음을 지녀, 살생하지 아니하는 계행을 일러주고 선한 법을 가르쳐야 한다.
 모든 중생들로 하여금 다섯 가지 계와 열 가지 착한 일을 지키도록 할 것이며, 지옥, 아귀, 축생, 아수라에 있는 고통받는 중생을 건져야 한다.
 해탈하지 못한 중생은 해탈케 하고, 고해에서 허덕이는 중생은 건져줄 것이며, 열반을 얻지 못한 중생은 열반을 얻게 할 것이요, 두려움에 떨고 있는 중생은 위로를 해주어야 할 것이니, 이와 같은 업을 짓는 인연 공덕으로 보살은 수명이 길고 지혜가 날로 크게 자랄 것이다.'
 부처님께서 이렇게 말씀하시자 제자는 합장하여 큰 절을 올렸습지요."
 "허면 부처님께서는 보살이 보시를 할 적에는 어찌 하라 이르셨던가?"
 "예, 부처님께서 열반경 범행품에 이렇게 이르시며, 경계하셨습니다.
 '보살이 보시를 하는 것은 명예나 이익을 위해서가 아니요, 남을 속이기 위함도 아니다.
 그런 까닭으로 보살은, 보시를 했다고 해서 교만한 마음을 내거나, 은혜 갚기를 바라서도 아니될 것이다.

또한 보시를 할 적에는 자기를 돌아보지 말아야 할 것이요, 받을 사람을 가려서도 아니될 것이다.

만일 보시할 사람이 보시 받을 사람을 구별하고 따진다면 그 사람은 끝내 보시하지 못하게 될 것이요, 보시하지 못하게 되면 끝내 바른 깨달음을 얻지 못할 것이다.'"

지엄화상은 고개를 끄덕였다. 그리고는 다시 묻는 것이었다.

"그러면 부처님께서는 대체 모든 보살과 여래의 근본이 무엇이라고 이르셨던고?"

"예, 부처님께서는 모든 보살과 여래의 근본은 바로 자비심이라고 이르셨습니다. 보살이 자비심을 기르면 한량없는 착한 일을 하게 될 것이라 말씀하시고, 만일 누가 모든 착한 일의 근본이 무엇이냐고 묻거든, 그것은 바로 자비심이라고 대답하라 하셨습니다."

지엄화상은 만족한 듯 만면에 웃음을 짓고는 고개를 끄덕였다.

"허허허허―. 그러고보니 그대는 이미 부처님이 주신 진리의 과일 맛을 제대로 보셨네 그려."

"……아, 아니옵니다, 스님. 과찬의 말씀을 내려 주시니 소승은 참으로 몸 둘 바를 모르겠사옵니다."

"이것 보시게, 의상!"

"예."

"수륙만리 먼 길을 오느라 참으로 고생하셨네."

"……하오시면 스님께서는 소승을 거두어 주시겠사옵니까?"

"봉황의 둥우리에서 마니보주, 보배 구슬을 얻었거늘 내 어찌 그대를 물리칠 것인가!"

"……고맙습니다 스님, 참으로 고맙습니다."

당시 중국 당나라 종남산 지상사의 지엄화상 문하에는 지엄화상의 법맥을 이어받으려고 불철주야 화엄경을 공부하고 참구하는 뛰어난 중국 승려들이 여러 명 있었다.

그 가운데서도 회제, 도성, 박진 등이 두각을 나타내고 있었고, 이들 보다 나이가 어린 중국 승려 법장이 지엄화상의 지도 아래 화엄학을 깊이 공부하고 있었다.

그런데 바로 이런 기라성 같은 인재들 사이에 의상스님이 신참으로 끼어들게 된 셈이었다.

그러니 서로 지엄화상의 수제자가 되려고 열심히 공부하고 있던 중국 승려들이 돌연히 나타난 해동국 신라의 승려인 의상을 시기하고 경계하는 것도 어쩌면 당연한 일이었다.

하루는 중국 승려 한 명이 지엄화상에게 말했다.

"큰스님께 감히 한 말씀 올리고자 하옵니다."

"그래, 대체 무슨 말이더냐?"

"소승들이 알고 있기로는 이 종남산 지상사에 신참 승려가 들어오면 적어도 3년 동안은 방아를 찧게 하고, 물을 긷게 하고, 밭을 갈게 하고, 부엌 살림을 맡아보게 한 연후에야 그 사람됨을 살펴 큰스님 문하에 들도록 허락하셨사옵니다."

"그래, 그것은 이 종남산 지상사의 가풍이었느니라."

"그렇사옵니다, 큰스님. 그래서 저희들 모두가 짧게는 3년, 길게는 5, 6년씩 허드렛 일을 거친 후에야 큰스님의 문하에 들어올 수가 있었사옵니다."

"그래…… 3년을 기다리지 못하고, 5, 6년을 견디지 못하고 돌아간 수행자들도 부지기수였다. 그런데 대체 무슨 일로 그 일을 입에 담는고?"

"예, 소승 감히 큰스님께 말씀드리기 송구하오나 느닷없이 나타난 정체불명의 해동국 신라 승려 의상에 대해서는 유례없는 큰 은혜를 내리셨다 하옵기로……"

"그래, 어찌 해서 해동국 신라 승려 의상에게는 3년 수련 기간도 주지 아니하고 단번에 덜컥 입실 허락을 해주었느냐, 그것이 마땅치 아니하다 그런 말이렸다?"

"……감히 이런 말씀을 올리는 것은 송구하옵니다만 우리 지상사의 가풍에 어긋나는 일은 아니온지요, 스님?"

"잘 들어라."

"예, 스님."

"고양이 새끼와 삵괭이 새끼와 호랑이 새끼는 어렸을 적에는 구별하기가 어려우니라."

"……예."

"그러나 하루, 이틀, 사흘, 나흘, 열흘, 보름, 한 달을 두고 보면 과연 그 차이가 드러나느니라."

"……예."

"수행자가 이 지상사에 새로 들어오면 과연 이 신참이 고양이가 될 것인지, 삵괭이가 될 것인지, 호랑이가 될 것인지 그 그릇을 살펴 보느라고 3년이고 5년이고 허드렛 일을 시켰느니라."

"……예."

"헌데 한 눈에 척 호랑이 임이 분명하면 대체 무엇하러 허송세월을 일부러 시키겠느냐?"

"……하오시면 해동국 신라 승려 의상이…… 호랑이 새끼란 말씀이시옵니까?"

"머지 아니해서 이 종남산이 찌렁찌렁 울릴 것이니 이 지상사 화엄종풍이 이 세상을 두루 뒤덮을 것이니라."

평등치 못한 자엄화상의 처사를 못마땅하게 여겨 말씀을 올린 승려는 얼굴빛이 벌개진채 아무말도 못하고 물러나고 말았다.

지엄화상은 의상스님에게 특별히 승방 한 칸을 내주어 쉬도록 분부하신 뒤, 사흘이 지나도록 이렇다, 저렇다 다른 말씀이 없었다.

그런데 나흘째 되던 날, 유난히 까치가 울어대는 아침이었다.

중국 승려 한 사람이 의상스님의 방으로 왔다.

"해동국 신라 승려 의상은 들으시오."

의상스님이 방문을 열었다.

"……소승을 부르셨습니까?"

"지엄 큰스님께서 찾으시니 어서 올라가 뵙도록 하십시오."

"아, 예. 고맙습니다."

의상스님은 서둘러 법복을 갖추어 입고 지엄화상 앞에 나가 예를 갖춘 뒤에 공손히 무릎을 꿇고 앉았다.

"……그래, 그동안 사흘을 쉬었으니 여독은 어지간히 풀리셨는가?"

"……예."

"그럼 내가 오늘 그대에게 이 화엄경 한 권을 내릴 것인즉, 자! 받도록 하시게."

의상스님은 지엄화상이 주는 책을 두 손으로 공손히 받았다.

"이 크신 은혜, 참으로 고맙습니다."

"그대는 내 말을 잘 듣고 반드시 그대로 시행해야 할 것이야."

"예, 스님. 분부 내려 주십시오."

"그대는 밤낮으로 우선 이 화엄경을 소리내어 독송해야 할 것이

로되……."

"예."

"이 화엄경을 독송하기 전에 반드시 이 경을 두 손으로 받들어 머리 위에 올린채 시방세계 모든 부처님께 경례한 뒤, 정갈한 마음으로 독송해야 할 것이며……."

"예, 스님. 명심하겠습니다."

"이 경을 독송할 적에는 마치 그대가 부처님과 여러 보살들을 그 자리에 모시고 설법을 듣듯이 일구월심 이 화엄경 안으로 들어가야 할 것이야."

"……예, 스님. 명심하겠습니다."

"이 화엄경을 독송하고, 독송하고, 또 독송하노라면 그대는 반드시 불가사의한 새로운 세상을 만나게 될 것이야."

"……예, 스님. 분부대로 거행하겠습니다."

의상스님은 지엄화상의 분부를 받들어 아침 저녁 틈나는 대로 화엄경을 독송하였다.

"나는 이와같이 들었노라. 어느 때에 부처님께서 사위성에 있는 기수급고독원의 화려한 누각 위에 보살마하살 오천인과 함께 계시었노라.

이때 부처님과 함께 누각 위에 있던 보살들은 보현보살 마하살과 문수사리보살 마하살을 비롯하여 지혜승지보살, 보현승지보살, 무착승지보살, 화승지보살, 일승지보살, 월승지보살, 무구승지보살, 금강승지보살, 무진로승지보살, 비로자나승지보살, 성숙당보살, 수미당보살, 보승당보살, 무애당보살, 화당보살, 무구당보살……"

화엄경 서두에 기록되어 있는 우두머리 보살들의 명호만 해도 실로 일백 쉰 네 분이나 되었는데 이처럼 기라성같은 우두머리 보살들과 오백의 성문들과 이 세상의 여러 임금들이 한자리에 모인 가운데 부처님의 설법을 듣는 광경이 세세히 잘 나타나 있다.

"이때에 동방의 비로자나염원장광명 보살마하살이 부처님의 위력을 받들어 사방을 살펴보고 게송으로 노래하였네.

그대들은 부처님의 지혜를 보라.
현미하고 기묘하기 말 할 수 없어
제타숲 동산에서 나타낸 신통
이 세상엔 아무도 이길 자 없네.

부처님의 위엄과 신통력으로

수없이 많은 일을 나타내건만
이 세상에 미혹한 여러 중생들
부처님의 깊은 법, 알 자 누구던고.

깊고깊은 부처님의 미묘한 법문
한량없고 생각으로 헬 수도 없어
나타내신 여러 가지 신통한 경계
온 세상이 다 덤벼도 측량 못하리.

부처님이 나타내신 그 많은 모습
어떠한 변재로도 말 할 수 없어
여러 가지 모습으로 몸을 꾸미니
그 모습 모두 다 모양 아니네.

부처님이 가지가지 신통변화를
제타숲 동산에서 나타내시니
그 변화가 모두 다 깊고 또 깊어
말이나 생각으로 미칠 수 없네."

이때에 의상대사가 처음 독송하기 시작한 화엄경은 본 이름이 대방광불 화엄경인데, 석가모니 부처님이 중인도 마갈타국의 보리수 아래서 깨달음을 얻으신 뒤, 두번째 칠 일을 맞던 날에 그 자리에서 일어나지 아니하신 채, 구름처럼 몰려든 여러 보살들과 대중들을 위해 당신께서 깨달으신 내용을 세세히 털어놓으신 가르침을 훗날의 제자들이 그대로 기록해놓은 불교의 근본 설법이라고 하겠다.

그런데 선재동자가 오십삼 선지식을 찾는 이 화엄경은, 최근 불교를 신봉하지 않던 어느 유명한 우리나라 시인이 교도소 안에서 우연히 읽게 되었는데 이 화엄경을 읽고는 심오한 불교의 가르침에 매료되어 생각을 바꾸게 되었다는 일화가 있을 만큼 아주 훌륭한 불교경전이다.

요즘에는 누구나 알기 쉽게 우리말로 옮겨놓은 화엄경이 있으니 모두들 한번쯤은 읽어보는 것도 좋을 것이다.

하루는 지엄화상이 의상스님을 불렀다.
"이것 보시게, 의상."
"……예, 스님."
"그동안 그대는 과연 화엄경을 몇 번이나 독송하였는고?"
"예. 일일이 헤아려 본 일은 없사옵니다만 화엄경을 한 번 독송하는데 새벽부터 밤중까지 꼬박 하루가 걸렸사온데 아마도 삼백

번은 독송한 줄로 아옵니다."

"허허…… 그러면 그대가 이 종남산에 들어온 지 벌써 일 년이 다 되어 간단 말이던가?"

"그러하온줄로 아옵니다."

"허면 이제 대방광불 화엄경이라는 경의 이름이 무슨 뜻인지는 훤히 아시겠네 그려?"

"소승 감히 어찌 훤히 안다고 말씀드릴 수 있겠사옵니까마는 소승이 아는 대로 말씀드려 볼까 하옵니다."

"그래, 어디 한 번 일러 보시게."

"대방광불 화엄경(大方廣佛 華嚴經)이라 하셨으니 그 첫글자 대는 크다, 작다하는 그런 대가 아니오라 시방 허공을 꿰뚫고도 끝없이 크다는 뜻이요, 과거, 현세, 미래를 넘나들고도 끝간 데 없이 크다는 그런 뜻인줄 아옵니다."

"그러면 방 자는 또 무슨 뜻이던고?"

"예, 방은 네모난 것이라는 뜻이니 바른 법, 바른 진리라는 뜻인 줄로 아옵니다."

"그러면 넓은 광 자는 또 무슨 뜻이던가?"

"예, 넓을 광 자는 부처님의 바른 법이 무궁무진한 작용을 지니고 있음을 말함이니 이는 곧 진리의 쓰임이 한량없이 크고 넓다는 뜻인 줄 아옵니다."

"그래, 그래. 허면 불 자는 또 무슨 뜻이던고?"
"부처님 불 자는 글자 그대로 깨달음의 진리를 본체로 삼으신 부처님을 이르심입니다."
"화엄경이라는 말은 어떻게 새기겠는가?"
"예, 한량없이 크고 바르고 넓으신 부처님의 지혜와 진리를 아름답고 향기있는 꽃으로 장엄한 경이라는 말씀인줄 아옵니다."
"그대는 과연 십 년 공부한 내 제자보다 출중하구나."
지엄화상은 어디 한군데 막힘없는 의상의 대답에 고개를 끄덕이며 무척 흡족해 하는 것이었다.

7
찰나가 영겁이요, 영겁이 곧 찰나

이 당시 의상스님이 공부한 화엄경은 중국 동진 시대에 번역된 육십 권, 삼만팔천 게송, 삼십사품으로 이루어진 방대한 경전이라 보통 사람이 한 번 읽는 데에도 며칠이 걸릴 지경이었으나, 의상스님은 새벽부터 밤중까지 매일 하루에 한 번을 독송했다고 하니, 의상대사가 이 화엄경에 얼마나 통달했는가를 짐작할 수 있겠다.

의상스님은 지엄화상의 문하에서 만 일 년 동안은 화엄경을 독송하는 데 바치고, 그후 삼 년 동안은 지엄화상의 강술을 듣고 문답하는 데 바쳤다.

하루는 지엄화상이 의상스님과 수제자들을 불러 앉혔다.

"내가 오늘은 그대들의 공부를 점검할 것인즉 그동안 참구한 바를 일러야 할 것이야."

"예, 스님."

모두가 입을 모아 대답했다.

"우리 불교의 교리를 참구하는 데는 두 가지 길이 있으니 과연 그 두 가지 길이 무엇무엇이던고? 도성이가 한 번 일러 보아라."

"예? 아, 예. 부처님의 가르침을 참구하는 데는…… 교학의 길이 있고 참선의 길이 있는 줄로 아옵니다."

도성이 대답하자 지엄화상은 주장자를 세게 내리치는 것이었다.

"나는 너에게 불교의 교리를 참구하는 두 가지 길을 물었다!"

"예, 그 두 가지 길은 교학과 참선인 줄로 아옵니다."

우물거리며 다시 도성이 같은 대답을 했다.

지엄화상은 도성의 등을 다시 한 번 주장자로 내리쳤다.

"나는 불교를 배우는 두 가지 길을 묻지 아니했고, 나는 또한 부처를 이루는 두 가지 길을 묻지도 아니했다! 불교의 교리를 밝히는 두 가지 길을 물었느니라."

"……아, 예."

"이제 말귀를 알아 들었느냐?"

"예, 스님."

"그럼 어디 일러 보아라."

"……죄, 죄송하옵니다만 자세히 잘 모르겠사옵니다."

지엄화상은 도성의 등을 다시 주장자로 내리친 다음 이번에는 의상스님을 쳐다 보았다.

"의상, 그대는 알고 있는가?"

"아, 예. 소승이 알기로는 교리를 밝히는 데는 실상론과 연기론 이렇게 두 가지의 길이 있는 줄로 아옵니다."

"허면 실상론은 대체 무엇이던고?"

"……예. 이 세상 유정 무정의 온 법계를 동들어, 우주만물은 어떤 성질을 가졌으며, 종류를 어떻게 나누어야 할 것이며, 이들 우주만물 사이에는 과연 무슨 관계가 있는가를 밝히는 것이 실상론인가 하옵니다."

"그러면 연기론이란 대체 무엇을 이름이던고?"

"……예. 이 세상 모든 것은 과연 어떻게 이루어졌으며 어떻게 변하는가를 밝히는 것이 연기론인가 하옵니다."

지엄화상이 다시 제자 도성이를 가리켰다.

"그래, 그러면 도성이가 다시 일러 보아라."

"아, 예."

"그동안 그대들이 공부한 화엄경은 과연 실상론을 밝힌 것이더냐, 연기론을 밝힌 것이더냐?"

"……아, 예…… 저, 그것은 실상론인가 하옵니다, 스님."

지엄화상은 얼굴을 찌푸리며 주장자로 도성의 등을 내리쳤다.

"너는 아직 화엄경 근처에도 이르지 못했다!"

"……참회하옵니다, 스님. 용서하여 주십시오."

"두 가지 가운데 하나가 이미 틀렸으니 화엄경은 마땅히 연기론을 밝힌 부처님 경전이거니와, 의상은 과연 어찌 이르겠는가? 이 우주 삼라만상은 과연 어찌 이루어졌다고 이르셨던고?"

"……예. 부처님께서 화엄경을 통하여 이르시기를 온 법계 삼라만상은 서로서로 인연이 되어 생겨난다 하셨사옵니다."

"그래, 그 이치를 비유를 들어 일러 보시게."

"예, 바람이 불어오면 구름이 몰려오고, 구름이 몰려오면 비가 내릴 것이며, 비가 내리면 산천초목이 목을 축이게 될 것이니, 산천초목이 저 혼자 푸른 게 아니요, 비와 구름과 바람과 더불어 푸르게 된 것이라 하겠사옵니다."

지엄화상은 만족스럽게 웃었다.

"그래, 그래. 부모가 없으면 자식 또한 없을 것이요, 자식이 없으면 손자가 없을 것이니, 인과 연이 없으면 삼라만상은 아무것도 없을 것이야."

지엄화상은 주위를 둘러보며 주장자로 바닥을 쿵! 하고 내리쳤다.

"그럼 도성이 너, 어서 일러라! 저기 저 하늘에 흘러오는 저 구름이 과연 너와 상관이 있더냐, 없더냐?"

"……별로 소승과는 상관이 없겠습니다."

지엄화상의 주장자가 다시 도성을 내리쳤다.

"인연없는 중생은 부처님도 제도하지 못한다고 하셨다. 흘러오는 저 구름이 과연 그대와 상관이 있느냐, 없느냐? 의상은 일러라."

"예, 흘러오는 저 구름에서 단비가 내리면 채소밭의 채소가 잘 자랄 것이요, 채소가 잘 자라면 저희가 넉넉한 채소를 먹을 것이니, 상관이 있다고 하겠습니다."

"만일 흘러오는 저 구름에서 단비가 내리지 아니하면 어찌 되는고?"

"예, 저 구름에서 단비가 내리지 아니하면 채소가 가뭄에 말라 죽을 것이옵니다. 그리되면 저희가 먹을 채소가 없어지게 될 것이니 이 또한 어찌 상관이 없다 하겠습니까?"

지엄화상이 주장자로 바닥을 쿵! 쿵! 쿵! 내리쳤다.

"그대는 과연 법을 아는구나! 기특하고 기특하도다!"

지엄화상은 이렇게 수시로 제자들을 한 자리에 불러 앉히고 공부가 얼마나 익었는지를 점검하곤 하였다.

며칠후 지엄화상은 또다시 제자들을 모두 불러 앉혔다.

모두들 모여서 웅성거리자 지엄화상은 주장자를 들어 쿵! 하고 바닥을 내리쳤다.

"그대들은 잘 들어라.

부처님께서는 이 화엄경을 통해 온갖 진리와 지혜를 다 일러 주셨다.

여기 그대들 앞에 보이지 아니하는 네 사람이 서 있으되 눈을 감고 보면 자세히 보일 것이다.

한 사람은 농사를 짓는 농부요, 또 한 사람은 고기를 잡는 어부요, 또 한 사람은 집을 짓는 목수요, 또 한 사람은 옷감을 짜는 직조공이다.

눈을 감고 보니, 다들 잘 보이느냐?"

"예."

"그러면 이제부터 물을 것이니 순서대로 일러라.

이 네 사람 가운데 과연 어떤 사람을 제일이라 할 것인고? 한 사람은 농부요, 한 사람은 어부요, 한 사람은 목수요, 한 사람은 직조공이다.

박진이 너부터 일러 보아라.

과연 누구를 제일이라 할 것이냐?"

"……예, 소승의 생각으로는 목수가 제일인가 하옵니다."

지엄화상은 주장자로 박진의 등을 세게 내리쳤다.

"너는 아직 법을 모른다. 그 다음, 회제가 일러라."

"예, 저…… 소승의 생각으로는 먹는 것이 제일인지라 농부가 제일인 줄로 아옵니다."

　회제 역시 주장자로 맞은 후 고개를 푹 숙였다.
　"너도 아직 법을 모른다. 다음에는 그러면 도성이가 일러라."
　"⋯⋯예, 저⋯⋯."
　"농부가 제일이냐, 어부가 제일이냐, 목수가 제일이냐, 직조공이 제일이냐?"
　"예, 소승의 생각으로는 험한 바다에 나가 고기를 잡으니 어부가 제일인가 하옵니다."
　지엄화상은 도성이에게도 주장자를 내리쳤다.
　"너도 아직 법을 모른다. 그러면 이번에는 의상이 일러야 할 것인즉, 그대는 직조공이 제일이라 할 것인가?"
　"아니옵니다, 스님."
　"먼저 이른 세 가지 답은 다 틀렸거니와 마지막 하나 남은 직조공이 아니라면 의상, 너는 과연 무엇이 제일이란 말이던고?"
　"예, 소승의 생각으로는 네 사람이 모두 다 제일인가 하옵니다."
　"무엇이라구? 네 사람이 다 제일이다?"
　"그렇사옵니다."
　"대체 어찌해서 네 사람이 다 제일이란 말이던가?"
　"예, 농사를 짓는 데는 농부가 제일이요, 고기를 잡는 데는 어부가 제일이며, 집을 짓는 데는 목수가 제일이요, 옷감을 짜는 데는 직조공이 제일이니 모두 다 각각 제일인 줄로 아옵니다."

지엄화상은 의상스님을 쳐다보며 흡족한듯 고개를 끄덕였다.
그리고는 주장자로 바닥을 쿵! 쿵! 쿵! 내리쳤다.
"과연 그대는 제대로 법을 아는구나. 이것들 보아라."
"예."
"화엄의 도리는 글자만 외워서는 알 수가 없고, 경귀만 읊어서는 짐작도 못한다. 글자에 담긴 뜻, 경귀가 품은 뜻을 참구토록 하라."
"예, 스님. 명심하겠습니다."

의상스님은 지엄화상의 여러 제자들과 더불어 다시 3년 세월동안 화엄경을 참구하고 또 참구했다.
이 때가 서기 668년이었으니, 의상스님이 당나라에 건너간 지 7년이 되던 해였다.
지엄화상은 제자들을 한명씩 따로 따로 불러들여 다시 공부를 점검하기도 했다.
의상스님이 지엄화상의 부름을 받았다.
"그래, 그대는 이제 어지간히 화엄의 도리를 달통했으렷다?"
"아니옵니다. 그동안 일구월심 공부를 부지런히 하기는 했사옵니다만 감히 어찌 함부로 화엄의 도리를 달통했다 할 수 있겠사옵니까?"
"허면 내가 한 가지 물을 것이야."

"예."

"시각을 말함에 있어 우리는 흔히 찰나라고도 하고 영겁이라고도 말하는데, 그대 생각은 과연 어떠한가? 찰나와 영겁은 과연 어떻게 다르다고 생각하는고?"

"예, 사람들이 흔히 찰나라고도 하고, 영겁이라고도 하옵니다마는 소승이 배운 바로는 찰나가 곧 영겁이요, 영겁이 곧 찰나인 줄로 아옵니다."

"찰나와 영겁이 같다는 말이던가?"

"그렇사옵니다."

"허허 이 사람, 찰나와 영겁은 말도 다르고 찰나는 짧은 시각이요, 영겁은 길고 긴 시각을 가리키거늘 어찌해서 찰나와 영겁이 같다는 말이던가?"

"예, 찰나와 찰나가 이어져서 영겁이 되고 영겁을 토막토막 나누면 찰나가 되는 것이니, 찰나가 곧 영겁이요, 영겁이 곧 찰나라 할 것입니다."

"허허허허⋯⋯. 그러면 하나와 여럿은 또 어찌 말하겠는가?"

"예, 하나가 곧 여럿이요, 여럿이 곧 하나인 줄로 아옵니다."

"비유하자면?"

"예, 빗방울이 하나하나 모여서 강물이 되고 바다가 되오니, 바다가 곧 빗방울이요, 빗방울이 곧 바다인 것과 같다고 할 것입니다."
 지엄화상이 갑자기 정색을 하며 의상스님을 쳐다보았다.
 의상스님은 자세를 더욱 꼿꼿이 하고 지엄화상의 다음 말을 기다렸다.
 "여보게, 의상!"
 "예."
 "그대는 이제 화엄의 도리를 달통했다 할 것이야."
 "아니옵니다, 스님. 아니옵니다."
 의상스님은 지엄화상의 말씀에 놀라 자신도 모르게 황급히 손을 내저었다.

8
화엄의 도리를 글로 전하게

 의상이 화엄의 도리에 달통했음을 확인한 지엄화상은 크게 기뻐하며 칭찬을 아끼지 않았다.
 그러나 의상스님은 참으로 그 칭찬을 감당하기가 어려웠다.
 "허허허허……. 내 이제야 내 문하에서 화엄의 오묘한 도리를 깊은 데까지 밝혀낸 그대를 만났으니 이는 참으로 부처님의 은덕이요, 조사님의 은공일세."
 "아니옵니다, 스님. 소승 아직 화엄의 묘리를 다 알지 못하옵니다."
 "아닐세, 그대는 이제 그만하면 이 중국에서는 가히 화엄의 도리를 아는 데 당할 자가 없을 것이야."
 "아니옵니다, 스님. 스님께서 그토록 과찬의 말씀을 내리시니 소승은 참으로 얼굴을 들기가 심히 민망스럽사옵니다."

"이것 보게, 의상."

"예, 스님."

"화엄의 이치와 도리를 그만큼 달통했으니 이제 그대가 아는 화엄의 도리를 글로 작성해서 보여 주시게."

"아니옵니다, 스님. 소승은 아직 공부가 익지 아니했으니 말미를 더 주시옵소서."

"정녕 그대가 깨달은 바를 나에게 보여주지 아니하겠는가?"

"죄송하옵니다, 스님. 하오나 때가 되면 반드시 글로 적어 스님께 바쳐 올리겠사옵니다."

의상스님은 스승 지엄화상께 이렇게 말씀드리고 물러나온뒤, 다시 화엄의 도리를 더욱더 열심히 참구하여 한 점의 의심 없이 남김없이 다 배워 마치게 되었다.

그런데 어느날 밤, 의상스님은 화엄경을 펴놓고 법계를 관하다가 비몽사몽간에 한 선인(仙人)을 만났다.

"이것 보시게, 의상!

이제 그대는 그대가 배우고 깨달은 바를 반드시 저술하여 중생들에게 베풀어 줌이 마땅할 것이니 지체하지 말게!"

이렇게 두 번 세 번 당부하는 것이었다. 그뿐만이 아니었다. 의상스님은 그 후로도 꿈을 꾸었는데 화엄경에 나오는 선재동자가 꿈에 나타나서 머리가 총명해지는 약을 십여 제 주는가 하면 그

　후에 또 꿈을 꾸니 이번에는 푸른 옷을 입은 청의동자가 나타나서 화엄의 도리를 나타내는 비결을 가르쳐 주고 사라지는 것이었다.
　이렇게 의상스님이 세 번이나 꿈을 꾸었다는 이야기는 최치원이 지은 의상전에 소상하게 기록되어 있다.
　아무튼 이때 의상스님은 세 번이나 이상한 꿈을 꾸고나서 스승인 지엄화상께 이 사실을 자세하게 여쭈었다.
　"그래, 그대가 그렇듯 세 번이나 꿈을 꾸었더란 말이지?"
　"그렇사옵니다."
　"나는 그런 신령스러운 꿈을 꼭 한 번 꾼 일이 있었네. 그런데 그대는 세 번이나 꾸었으니 이는 그대가 배우고 깨달은 화엄의 도리를 반드시 저술하여 세상에 전하라는 부처님의 분부이시네. 그러니 속히 시행토록 해야 할 것이야."
　"……알겠습니다, 스님. 하오면 스님의 분부대로 하겠사옵니다."
　의상스님은 더이상 미룰 수가 없어서 그동안 배우고 깨달은 화엄의 도리를 글로 지어 대승장 열 권을 엮어서 지엄화상께 올렸다.
　지엄화상은 의상스님이 엮은 대승장을 한 장, 한 장 넘기면서 세세히 살펴보았다.
　"그래, 참으로 수고가 많으셨구먼. 헌데 말일세, 의상."
　"예, 스님."

"그대가 지은 글을 자세히 들여다 보니……."
"예, 스님."
"뜻은 매우 깊고 가상타 하겠으나 말이 좀 옹색하다 할 것이야."
"……말이 옹색하다 하오시면……?"
"군더더기 말이 섞여있다는 것이니 다시 한 번 다듬어 보도록 하시게."
"예, 스님 분부대로 다시 쓰도록 하겠습니다."
 의상스님은 대승장 열 권을 들고 물러나와 한동안 방안에 틀어박혀 화엄경의 오묘한 도리를 글로 다시 써서 지엄화상에게 올렸다.
 이를 본 스승 지엄화상은 매우 기뻐하며 제자를 데리고 법당으로 들어갔다.
"이것 보시게."
"예, 스님."
"그대가 지은 이 글이 부처님의 뜻에 합당하다면 이 글은 이 촛불에 태워도 타지 아니할 것이야."
 의상스님은 스승의 말씀에 깜짝 놀랐다.
"예에? 아니 하오시면 소승이 지은 이 글을 불에 태우신단 말씀이시옵니까?"
"자, 두고 보세나."

지엄화상은 제자 의상이 지은 글을 촛불에 태우는 것이었다.
의상스님은 그만 새파랗게 질리고 말았다.
그런데 참으로 신통한 일이 일어나고 있었다.
의상스님이 글을 쓴 종이를 지엄화상이 촛불에 태웠으나 의상스님이 쓴 글 가운데 이백 열 자는 끝까지 불에 타지 않는 것이었다.
지엄화상이 부처님 전에 엎드렸다.
"오! 부처님, 감사하옵니다. 의상이 쓴 글 가운데 이백 열 자를 인가해 주셨으니 참으로 감사하옵니다."
의상스님은 놀라움과 경이로움에 엉거주춤 어찌할 바를 모르고 서 있었다.
"스님, 대체 어찌된 일이온지요?"
"타고 남은 이 이백 열 자로 다시 게송을 지어 만들도록 하시게!"
의상스님은 끝까지 불에 타지 아니하고 남은 글자 이백 열 자를 수습하여 며칠 동안 문을 걸어 잠근채 이백 열 자를 다시 배열하여 오묘한 화엄경의 도리를 삼십 구의 게송으로 엮고, 이 게송을 도표로 배열하였다.
바로 이 게송이 오늘날까지 전해오는 저 유명한 의상스님의「화엄일승법계도」가 되었다.
의상스님이 드디어 완성한 이 화엄일승법계도(華嚴一乘法界圖)

를 스승인 지엄화상께 올리니 지엄화상은 이 오묘한 법계도를 자세히 들여다 보았다.

"그래, 타고 남은 이백 열 자로 이 법계도를 만들었단 말이신가?"

"그러하옵니다."

"그러면 이 한가운데 모신 이 법자로부터 시작해서 왼쪽으로 읽는단 말이렸다?"

"그렇사옵니다."

"어디 그대가 직접 한 번 읽어 보시게."

"예. 여기서부터 왼쪽으로 보십시오.
법성원융 무이상, 제법부동 본래적, 무명무상 절일체."

"허허, 그러니까 이렇게 네모 반듯한 그림 안에 왼쪽으로 읽고, 아래로 읽고, 이렇게 빙글 빙글 돌아가면서 이백열 자를 다 읽게 되어 있네 그려."

"그렇사옵니다."

"이것 보시게, 의상."

"예, 스님."

"여기 이 법계도에 적은대로 그대가 한 번 읊어 보시게."

"……예, 분부 따르겠사옵니다.

"법의 성품 둥글둥글
두 모습 없어
티끌조차 꼼짝없이
본래 고요하네.
이름도 형상도
다 끊었으니
부딪쳐서 알아야지
다른 도리 없네.

그 진리 매우 깊고
미묘할세라
제자리 안 지키고
인연 따라서
하나가 전체요
전체가 하나이니
작은 티끌 속에
세계를 삼켰네."

의상스님이 화엄일승법계도에 적힌대로 게송을 읊으니 스승이신 지엄화상은 너무 기쁜 나머지 한동안 말을 잊고 그저 웃기만 하는 것이었다.

"허허허허…… 허허허허……."

"고정하십시오, 스님……."

"그래, 그래……. 숨겨진 화엄의 오묘한 도리를 그대가 깊이 찾아내고 끌어내었으니 그대는 참으로 스승인 나보다 한 걸음 앞섰다 할 것이야."

"아니옵니다, 스님. 과찬의 말씀이시옵니다."

"아니야, 이 사람아! 그대가 지은 이 화엄일승법계도야말로 광활하고 웅대한 화엄교리를 간결하면서도 일체를 망라했으니 이는 곧 화엄도리를 이해하는 데 있어 입문임과 동시에 결문을 이룬 것이라 할 것이야."

"스님, 참으로 지나치신 칭찬이시옵니다."

"내 이제 종남산 지상사에 머문 도리를 마쳤다 할 것이니 그대가 내 짐을 벗겨 주었네."

의상스님은 화엄일승법계도를 짓게된 연유를 이렇게 밝혀놓고 있다.

"무릇 오성인(悟性人)의 성스러운 가르침은 일정한 처방이 없고 병에 따라 약을 쓰는 응기 수병하는 것이 동일하지 아니하다.

따라서 미혹한 사람은 남기신 말씀을 기록한 글자에만 치우치다 보니, 알아야할 근본을 잃고 만다.

　그리하여 화엄교학의 이치와 가르침에 근거하여 짧은 곡선으로 된 시를 지어 이름에만 집착하고 있는 무리들로 하여금 이름 없는 참다운 근원으로 돌아가게 하련다.
　이 시를 읽는 법은 가운데 있는 법(法)자로 시작하여 굴곡을 돌아가며 나중에는 부처 불(佛)자로 끝나게 된다.
　인연으로 생겨나는 일체의 모든 것에는 주인이 따로 있지 아니함을 나타내기 위하여 이 화엄일승법계도의 지은이 이름을 기록하지 아니한다."
　이 유명한 의상스님의 화엄일승법계도가 완성된 날은 서기 668년 7월 보름이었다고 옛문헌은 기록하고 있다.
　이로부터 석 달후인 시월 열아흐렛 날 지엄화상은 문득 제자들을 한자리에 불러 앉혔다.
　"다들 들어라.
　한 티끌 속에 시방세계가 다 들어있고 가없는 시간이 한 생각이니라.
　이 소식을 알거든 일러 보아라."
　의상스님이 대답했다.
　"……예, 연기법은 자성이 없사옵기에 작은 것이 작은 데 머물지 아니하고, 큰 것이 큰 데 머물지 아니하며, 짧은 것은 짧은 데 머물지 아니하고, 긴 것도 긴 데에 머물지 않사옵니다."

"그래, 그래. 그렇고 말고……
나는 이제 잠시 극락정토에 왕생했다가 다음에 연화장 세계에 유희할 것이니 그대들은 나를 따르라."
"하오시면 스님께서는 법을 누구에게 부촉(付囑)하시렵니까?"
중국승려가 물었다.
"중국의 화엄은 법장에게 맡길 것이요, 해동국 화엄은 의상에게 맡긴다."
"스님―. 스님, 스니임―."

중국 불교 화엄종의 두번째 조상으로 추앙받던 지엄화상이 반야원이라는 암자에서 열반에 들었으니, 이때가 서기로는 668년 시월 스무아흐렛 날의 일이었다.
의상스님을 비롯해서 중국 승려인 도성, 회제, 박진, 법장등 지엄화상의 수많은 제자들이 지극정성으로 다비를 모시고 스승의 영골을 모아 탑비를 세워 그 안에 잘 모셨다.

9
저 혼자 만들어진 것은 없네

스승의 장례를 다 마치고 난 지엄화상의 제자들은 한자리에 모여 종남산 지상사 화엄종의 후사를 의논하게 되었다.

"소승 도성이 감히 여러 사형, 사제님들께 한 말씀을 드리고자 하오니 허락하여 주십시오."

"그렇게 하시지요."

"스승의 제자된 저희들은 마땅히 스승의 유훈을 받들고 따르는 것이 도리인 줄로 아옵니다."

"그야 지당하신 말씀입니다."

"그래서 감히 소승 도성이 말씀드리거니와 저희 스승께서는 오직 해동국 신라에서 오신 의상스님의 법력을 인가하신 줄로 아옵니다."

"아, 아닙니다. 지엄화상께서는 소승의 법력을 인가하신 것이 아니셨고……."

그러나 중국승 도성이 의상스님의 말을 막았다.

"겸손의 말씀은 삼가해 주십시오. 저희 스승께서는 분명 의상스님이 지으신 화엄일승법계도를 점검하시고 확연히 인가하신 후에 옳을 의자, 지닐 지자, 의지(義持)라는 법호까지 내리신 줄로 아옵니다."

"물론, 스승께서 소승에게 의지라는 법호를 내려 주신 것은 틀림없는 사실입니다. 허나 소승에게만 법호를 내려주신 것이 아니라 여기 앉아 있는 이 법장스님에게도 글월 문자, 지닐 지자, 문지(文持)라는 법호를 내려주셨습니다."

그러자 법장이 말했다.

"예, 하오시면 소승 법장도 감히 한 말씀 올리고자 하오니 여러 사형들께서는 허락하여 주십시오."

"그리 하시게."

"감사하옵니다. 방금 의상스님께서 말씀하신 바와 같이 스승께옵서 소승에게 문지라는 법호를 내려 주신 것은 사실이옵니다마는……."

법장의 말이 채 끝나기도 전에 의상스님이 서둘러 말하였다.

"그뿐만이 아니라 스승께서는 분명히 이렇게 이르셨습니다. '해동의 화엄은 의상에게 맡기고, 중국의 화엄은 법장에게 맡긴다.'

그러니, 이 종남산 지상사의 화엄가문은 마땅히 법장이 이어가야 할 것입니다."

"아, 아니옵니다. 스승께서는 덧붙여 소승에게 이르시기를 '법장이 너는 아직 나이도 어리려니와 법 또한 덜 익었으니 의상을 마땅히 스승으로 삼으라' 이렇게 낭부하셨습니다."

법장의 말에 주위는 술렁거리기 시작하였다.

그러자 도성이 죽비로 딱! 주위를 환기시켰다.

"자, 자, 의상스님의 말씀도 잘 들었고, 법장의 말도 잘 들었으니 이제 우리들의 뜻을 정해야 할 것입니다."

"소승 의상이 잠시 한 말씀만 올릴 수 있도록 허락하여 주십시오."

"……그렇게 하시지요."

"여러 사형님, 사제님들이 잘 아시다시피 소승은 이 나라 중국 태생이 아니오라 바다 건너 해동국 신라에서 온 신라 백성입니다. 그런데 감히 어찌 중국의 화엄종의 가문을 이어갈 수 있겠습니까?"

그러자 법장이 다시 한마디 했다.

"아니옵니다. 일찍이 부처님께서 이르시기를 불가에서는 국경의 차별, 빈부귀천의 차별, 학식의 차별도 없다 하셨거니와 달마선사께서도 서역국의 왕자이셨지만 우리 중국으로 오셔서 선종의 첫조상이 되셨습니다."

 "아니될 말씀이십니다. 소승 의상은 마땅히 지엄스님의 분부를 받들어 해동국 신라로 돌아가 그 땅에 화엄의 도리를 전하는 게 옳은 일일 것이니 그리 알아주십시오."

 다시 주위가 술렁거리기 시작했다.

 도성이 다시 큰소리로 말했다.

 "자, 자, 그러시면 이렇게 하도록 하십시다. 스승께서 분부하신대로 해동의 화엄은 의상스님이 맡으시고 우리 중국의 화엄은 장차 법장이 맡도록 할 것이로되, 법장의 학문이 깊어지고 법력이 익을 때까지 의상스님이 전심전력 지도하여 주시기를 부탁하십시다."

 "과연 좋은 방안이오. 우리 모두 그렇게 하도록 하십시다."

 모두들 이구동성 그렇게 외치는 것이었다.

 의상스님은 이때부터 지상사 대중들로부터 대사님으로 추앙받으며 화엄의 도리를 후학들에게 펼치게 되었다.

 하루는 법장이 의상대사를 찾았다.

 "소승 법장, 의상대사님께 간청드리올 일이 있사오니 허락하여 주십시오."

 "무슨…… 말씀이시던가?"

 "아무쪼록 대사님께서는 이 지상사에 오래 머물러 계시면서 소승의 법력을 키워주십시오."

"이것 보시게, 법장."

"예, 대사님."

"니는 지엄스님의 3년 시묘기 끝나면 마땅히 신라로 돌아가야 할 것이야."

"하오시면 앞으로 3년만 더 머무시겠다는 말씀이시옵니까?"

"해동국 신라에 반드시 화엄의 뿌리를 내리라는 스님의 분부가 계셨으니 나는 3년 후에는 돌아갈 것이야. 그러니 그대는 그 안에 화엄의 도리를 깨달아 마쳐야 할 것이야."

"예, 대사님. 명심하여 열심히 참구하겠습니다."

의상대사는 중국 불교 화엄종의 총본산이라고 할 수 있는 종남산 지상사에서 지엄화상이 떠난 자리를 지키며 화엄경의 진리를 기라성같은 중국 승려들에게 가르쳤다.

그러던 어느날 문득 법장이 물었다.

"대사님, 화엄경의 도리를 한 말씀으로 이르신다면 무엇이라 하시겠습니까?"

"나는 이름에만 집착하는 무리들로 하여금 그 이름마저도 없는 참된 근원으로 되돌아가게 하고자, 화엄일승법계도를 지었네."

"이름에 집착한다 하시면……?"

"물과 바람, 나무와 풀을 고립된 것으로 차별하면 이것은 망상인

게야."

"홀로 있는 것으로 구별하고 차별하면 망상이라는 말씀이시옵니까?"

"산천초목이나 사람이나 짐승이나 저 혼자 동떨어져 있는 것은 아무것도 없어. 이것이 있어야 저것이 있고, 저것이 있어야 이것이 있으니…….

일중일체 다중일이요, 일즉일체 다즉일이야."

"일중일체 다중일이요, 일즉일체 다즉일이라 하시면……?"

"하나 속에 전체가 들어 있고, 전체 속에 하나가 들어 있으니, 하나가 곧 전체요, 전체가 곧 하나라는 말이지."

"……소승은 아직 법눈이 밝지 못한지라 무슨 말씀이신지 얼른 알아듣지 못하겠습니다."

"그대는 한나절동안 숨을 쉬지 아니하고 살 수 있겠는가?"

"아, 아니옵니다. 한나절은 커녕 잠시도 숨을 쉬지 아니하고는 살 수가 없사옵니다."

"허면 그대는 열흘이고 한 달이고 음식을 먹지 아니하고 살 수가 있겠는가?"

"살 수가 없겠습니다."

"그러면 그대는 열흘이고 한 달이고 물을 마시지 아니하고 살 수가 있겠는가?"

"살 수가 없을 것이옵니다."

"허면 그대는 일 년이고 이 년이고 햇빛을 구경하지 아니하고 살 수가 있겠는가?"

"살 수가 없겠습니다."

"숨 쉬지 아니하면 살 수 없고, 먹지 아니하면 살 수 없고, 마시지 아니하면 살 수 없고, 그러면 대체 그대는 무슨 덕택으로 살고 있는고?"

"……바람을 숨쉬니 바람의 덕이요, 음식을 먹으니 음식의 덕이요……."

"음식은 어디 한 가지던가?"

"아, 아니옵니다. 수십 가지, 아니 수백 가지에 이를 것이옵니다."

"곡식들의 덕택, 채소들의 덕택, 그걸 낱낱이 다 헤아리자면 어느 것 하나도 관련되지 아니 하는 게 없어."

"……과연 그런 줄을 이제야 알겠습니다, 대사님."

"이 세상 어느 것 하나도 저 홀로 똑똑해서 서 있는 게 아니니, 어느 것 하나도 구별하고 차별하고 소홀히 해서는 아니되는 법이네.

그래서 부처님께서는 온 우주만물이 다 평등하고 소중하고 값지다고 하신 게야."

"비유를 들어 더 자세히 일러 주십시오, 대사님."

"허면 내가 그대에게 물을 것이야."

"예, 대사님."

의상대사는 찻잔을 들어 차 한 잔을 마신 다음 찻잔을 탁자에 천천히 내려놓으며 물었다.

"이 찻잔은 내가 만들었던가?"

"아, 아니옵니다."

"허면 이 찻잔은 찻잔이 되기 전에는 본래 무엇이었던고?"

"……이…… 찻잔은 본래는 흙이었을 것이옵니다."

"그렇지. 그 흙을 어떤 사람이 파내어 물을 부어 빚어서 모양을 만든 다음에 어떻게 했던고?"

"예, 그릇 굽는 가마에 넣고 불을 지펴 구웠을 것이옵니다."

"그전에 유약을 발랐을 것이야."

"예, 그랬을 것이옵니다."

"이 찻잔 하나도 저 혼자 저절로 만들어진 것이 아니니, 흙과 물과 틀과 유약, 거기에 불을 지필 나무와 사람의 손과 발과 지혜와 땀이 어우러져서 비로소 이루어진 것이야."

"그, 그렇사옵니다."

"흙을 따로 떼어내면 과연 이 찻잔이 있겠는가?"

"……없을 것이옵니다."

"유약을 빼고나면 이 찻잔이 이루어졌겠는가?"

"이루어질 수 없었을 것이옵니다."

"물이 없이 이 찻잔이 빚어질 수 있었을 것인가?"

"빚어질 수 없었을 것이옵니다."

"사람의 손과 발과 모양을 만들어내는 지혜가 없었더라면 과연 이 찻잔은 빚어질 수 있었겠는가?"

"빚어지지 못했을 것이옵니다."

"여기 놓인 이 찻잔 하나도 그러하거늘 다른 것은 일러 무엇하겠는가?"

"하오시면, 이것과 저것이 서로 연관되어 얽혀 있다는 그런 말씀이시온지요?"

"흙을 빼고 나면 찻잔이 없고, 물을 빼고 나면 찻잔 또한 없네.
모양도 없고 유약도 없고
나무도 없고 불도 없으면
어느 누가 무슨 수로
찻잔을 빚을꼬.

한 잔의 작설차 마시면서도
흙의 고마움을 잊지 마시게.
이름 모를 도공도 잊지 마시게.

물도 고맙고, 불도 고맙고,
한 포기 차나무도 고맙기 그지 없네.
그대는 이제 아시겠는가
부처님이 이르신 화엄법문을."

의상대사가 이렇게 시를 지어 읊자, 법장은 두 눈을 반짝이며 감격스런 목소리로 말했다.
"감사합니다, 대사님. 참으로 감사합니다."

10
장독 구경만 하지말고 장맛을 보시게

의상대사는 중국 불교 화엄종의 본찰 종남산 지상사에서 스승의 자리에 올라 후학들을 가르치고 있었다.

하루는 도성이 물었다.

"대사님께 감히 한 말씀 여쭙고자 하옵니다."

"무슨 말씀이신가?"

"예, 화엄경 보살명란품을 보자 하니 문수보살과 목수보살의 문답이 있었습니다."

"여래의 복밭은 하나인데 어찌 하여 중생이 받는 과보는 각각 다르냐, 그런 물음을 말씀하시는가?"

"그러하옵니다. 중생들 가운데는 어찌하여 부자도 있고, 가난한 자도 있으며, 지혜로운 이도 있고, 어리석은 자도 있는지, 이 까닭을 문수보살이 물었습니다."

"그래, 이 물음을 받은 목수보살은 대체 무엇이라 답을 하셨던 고?"

"예. 땅은 하나라 차별이 없지만, 그 땅에 자라는 나무와 풀들이 제각각이듯이, 여래의 복 밭은 하나이지만, 중생들의 모습은 여러 가지라 하였습니다."

"그래, 그 대답을 보았으면 알 일이거늘 또 무엇이 궁금하다는 말이신가?"

"바라옵건대 대사님께서 더욱 쉬운 비유로 말씀해 주십시오."

"이 사람아!"

"예."

"하늘에서 비가 내릴 적에 소나무에는 많이 내리고 전나무에는 적게 내리고, 도라지에는 많이 내리고 민들레에는 적게 내리던 가?"

"아, 아니옵니다. 똑같이 내립니다."

"그러면 한 가지 더 묻겠네."

"예."

"개울에 흐르는 물이 있네."

"예."

"저 개울에 흐르는 물은 소가 마시는 물맛이 다르고, 독사가 마시는 물맛이 다르던가, 같던가?"

"예, 그야 같은 물인줄로 아옵니다."

"물은 같은 물이로되, 독사가 마시면 독이 되고, 소가 마시면 우유가 되는 게야."

"하오시면 품성과 근기에 따라 똑같은 물도 날라진다는 말씀이시온지요?"

"똑같은 물이라도 바가지에 담으면 바가지 모양이 될 것이요, 그릇에 담으면 그릇 모양이 될 것인즉 똑같은 부처님 말씀도 제대로 배우고, 제대로 알아서 제대로 깨달으면 지혜가 될 것이요, 제대로 배우지 아니하고, 제대로 알지 아니해서, 제대로 깨닫지 못하면 두고두고 범부중생을 면치 못할 것이야."

"그러하오시면 수행자들이 공부하는 데도 그와 같겠습니까?"

"수행자들이 공부하는 것도 그와 같으려니와 범부중생이 세상사는 것도 이치가 그와 같으니, 어떤 사람은 같은 돈 열 냥으로 술을 마시고, 또 어떤 사람은 같은 돈으로 지붕을 고치고, 또 어떤 사람은 같은 돈으로 좋은 경책을 사서 읽고, 또 어떤 사람은 같은 돈으로 논밭을 산다면 그 사람들이 얻는 결과가 어찌 똑같다고 말할 수 있을 것인가?"

"자상하신 가르치심, 참으로 고맙습니다, 대사님."

의상대사가 이렇게 부처님의 가르침을 한 구절, 한 구절 자상하게 펼치고 있던 어느날이었다.

웬 낯선 중국 승려가 의상대사를 찾아뵙고 하소연을 하는 것이었다.

"대사님, 소승은 삭발 출가하여 수행한 지가 무려 이십 년이 되었습니다."

"참으로 장하시구먼."

"소승은 그동안 읽지 않은 경책이 없고 만나보지 않은 스승이 없을 정도입니다만, 아직껏 부처님 법이 무엇인지를 확연히 알 수가 없으니 대체 어인 까닭이겠습니까?"

"허허, 그대는 남의 집 장독대만 구경하고 다녔지, 장맛은 못보셨구먼 그래."

"……무슨…… 말씀이시온지요?"

"어떤 가난한 사람이 있었네."

"……예."

"하루는 지혜있는 이웃집 사람이 그 가난한 사람에게 이렇게 타일렀지. '자네가 가난을 벗어나려면 세 가지 길이 있네. 그 첫째는 땅을 파서 밭을 만들어 농사를 짓는 일이요, 그 둘째는 땀흘려 일 해주고 품삯을 받는 일이요, 셋째는 장사를 해서 돈을 버는 일이다.' 라고 말일세."

"아, 예. 그래서 그 가난한 사람은 어찌 했는지요?"

"헌데 이 어리석은 가난뱅이는 남이 땅을 파서 밭을 만드는 것

을 구경만 하고 다니고, 남이 땀흘려 일해주고 품삯 받는 것을 구경만 하고, 남이 장사를 해서 돈버는 것을 구경만 하고 다녔지. 그러면서도 어찌해서 나는 가난하냐고 한탄만 했으니, 그대는 어찌 생각하는가? 구경만 해가지고 가난을 벗어나겠는가?"

"벗어나지 못될 것이옵니다."

"자네는 배가 고플 적에 밥을 구경만 해도 저절로 배가 불러지던가?"

"아, 아니옵니다."

의상대사는 그 중국 승려의 등을 주장자로 딱! 내리쳤다.

"이제부터는 장독만 구경하지 말고 장맛을 보게! 이제부터는 밥 구경만 하지 말고 밥을 먹어 보도록 하게! 내 말 아시겠는가?"

"예, 대사님. 소승이 어리석었음을 이제야 알겠나이다."

이 당시 의상대사의 가르침은 중국 불교 화엄학계에 크나큰 영향을 미치게 되었고, 특히 의상대사가 지으신 화엄일승법계도는 기라성 같은 당대 중국의 학승들 사이에 화엄경을 공부하는 기본 교재로 널리 쓰였으니 의상대사의 학문의 깊이가 어떠했는가를 미루어 짐작할 수 있겠다.

아무튼 의상대사는 스승이신 지엄화상의 영골을 모신 탑묘를 3년간 시묘하며 화엄의 도리를 널리 전하고 있었다.

그러던 어느날 밤의 일이었다.
바람이 몹시도 부는 날이었는데, 가만히 의상대사의 방문을 두드리는 소리가 조그맣게 들렸다.
"대사님, 계시옵니까요? 대사님……"
"으음?"
의상대사가 방문을 열었더니, 문밖에 어떤 사람이 서 있는 것이 보였다.
"누구…… 신지요?"
"소생은 신라에서 온 김흠순이라 하옵니다만…… 안으로 들어가서 말씀드리겠습니다."
그 사람은 매우 조심스러운듯 목소리를 낮추어 말하는 것이었다.
"어서 들어 오시오."
김흠순이라고 밝힌 사람이 방 안으로 들어왔다.
"저…… 문부터 닫아 주십시오."
"아, 예."
의상대사가 방문을 닫았다.
"신라……에서 오셨다고 그러셨소이까?"
"예, 소생 인사 여쭙겠습니다."
"아, 예."

"소생은 김유신 장군의 아우 김흠순이라고 하옵니다."
"소승, 의상이라 합니다."
"대사님의 법명은 장안에까지 널리 알려져 있었으니 오래전부터 익히 들어 알고 있었사옵니다."
"헌데 김공께서는 어쩐 일로 숭국 장안에 와 계셨는지요?"
"소생, 이 당나라 서울 장안에 오고 싶어서 온 것이 아니옵니다."
"아니, 그러시면?"
"그동안 우리 신라는 당나라 군사와 힘을 합쳐 백제를 쳐서 이기고 결국은 고구려까지도 손안에 넣어 삼국통일을 이룩했습니다."
"그 얘기는 들어서 알고 있었소이다마는……."
"신라와 당나라가 손을 잡고, 백제와 고구려를 쳐부수긴 했습니다마는 당나라가 우리 신라를 믿지 못하는지라 소생을 비롯한 몇 사람이 당나라에 인질로 잡혀와 있는 셈입니다."
"인질이라니요?"
"말로는 친선사절단으로 와 있습니다만 사실은 인질인 셈이지요."
"원 저런…… 아니, 그런데 장안에서 여기까지는 어찌 오셨소이까?"

"사정이 급하게 되었는지라 대사님께 도움을 청하러 왔사옵니다."

"소승에게 도움을 청하러 오셨다니요?"

"예, 소생이 장안에 머물면서 염탐을 해보니 당나라 조정에서는 백제, 고구려를 멸망시킨 김에 이제는 우리 신라를 쳐서 손 안에 넣으려는 흉계를 꾸미고 있습니다."

"아니, 당나라가 우리 신라를 치려 한다는 말씀이십니까?"

"사냥을 마치고 나면 그 다음에는 사냥개를 잡아먹는다는 중국 속담 아시지요?"

"예, 알고는 있습니다만……."

"신라와 손을 잡고 백제와 고구려를 멸망시켰으니, 이제는 신라를 쳐서 속국으로 만들겠다는 흉악한 계략을 세우고 있습니다."

"그럴만한 무슨 징조라도 보셨습니까?"

"삼십만 대군을 요동벌로 움직일 것이라 하니 일이 아주 화급하게 되었습니다. 그러니 대사님께서……."

"소승더러 어찌 하라는 말씀이신지요?"

"신라 조정에서는 이런 사실을 까맣게 모르고 있을 것이니 대사님께서 급히 환국하시와 이 다급한 사실을 신라조정에 알려 주셔야 하겠습니다."

"소승더러 급히 신라로 돌아가라구요?"

"대사님이 아니시면 알릴 방도가 없사옵니다. 그러니 제발 대사님께서 이 사실을 알리시와 단단히 대비하도록 도와 주십시오."

"……알겠습니다. 당장 내일이라도 떠나도록 하겠습니다."

김유신 장군의 아우 김흠순으로부터 고국 신라의 운명이 바람 앞에 등불이라는 사실을 전해들은 의상대사는 단 하루도 지체할 수 없었다.

의상대사는 부랴부랴 걸망을 챙기기 시작했다.

이것을 본 법장이 눈을 휘둥그렇게 뜨고 물었다.

"이것 보십시오, 대사님. 어찌하여 이렇듯 갑자기 신라로 돌아가신다 하시옵니까?"

"이것 보시게, 법장. 내가 이미 3년 전에도 다짐했거니와 지엄화상께서는 나에게 해동땅에 화엄의 뿌리를 내리라고 분부하셨네."

"하오나 대사님, 소승 아직 화엄의 도리를 다 깨우치지 못했사오니 3년만 더 지도하여 주십시오."

"아닐세. 이제 이 종남산 지상사에는 자네, 법장을 비롯하여 기라성같은 인재들이 즐비하니 조금도 걱정할 일이 아니네."

"아니되시옵니다, 대사님. 내일 당장 대중공사를 열어 대사님을 큰스승으로 모실 것이오니 부디 신라로 돌아가시는 것만은 참아주십시오."

"이것 보시게, 법장. 지엄화상께서도 당부하셨거니와 그대는 이

제 중국 화엄종의 법맥을 맡아 이어가야할 사람, 언제까지 다른 사람의 가르침만 바라고 있을 것인가?"

"하오시면 단 몇 개월만이라도 더 계시다 가시도록 하십시오."

"아닐세. 해동땅 신라에 화엄의 뿌리를 심는 일이 화급지사이니 나는 이 길로 돌아가겠네!"

단 몇 달만이라도 더 머물다 가시라는 법장의 만류를 뿌리치고 의상대사는 걸망을 챙겨 짊어졌다.

밖에는 매서운 찬 바람이 휘몰아 치고 있었다.

"이것 보십시오, 대사님. 때는 이미 기울어 동절기라 바람이 저토록 세차게 부는데 어찌 지금 떠나신다 하시옵니까?"

"옛날 부처님께서는 도를 구하기 위해 설산고행도 마다하지 아니하셨거늘 이까짓 겨울 바람이 무에 그리 대수란 말인가?"

"아니되시옵니다. 신라로 가시는 것이야 소승이 감히 어찌 막을 수 있겠사옵니까마는 엄동설한은 지내신 다음, 명년 봄에 돌아가시도록 하십시오."

"법장, 그대는 내 걱정은 마시고 어서 화엄의 도리나 꿰뚫어 밝히도록 하시게."

"여기 종남산에서 장안을 거쳐 등주까지 가시자면 그 길이 장장 천 리도 넘거늘 북풍한설 속에 어찌 가시려고 이러시옵니까?"

법장이 한사코 만류하자 의상대사가 바깥을 한번 내다본 후 말

했다.

"정 그토록 걱정이 되시거든 내가 타고 갈 나귀나 한 마리 붙여 주시게나."

"대사님께서 정 가시겠다 하시면 나귀야 어찌 한 마리 뿐이겠습니까? 도중에 새나귀를 구해 타고 가시도록 노잣돈을 넉넉히 마련해 드리겠습니다."

"고마우이. 그러면 우리 지엄화상께서 당부하신대로 훗날 연화장세계에서 스님 모시고 다시 만나세나."

"잠깐만 지체하십시오. 장안까지만이라도 소승이 대사님을 모시고 가겠습니다."

의상대사는 북풍한설 속에 법장과 함께 장안까지 나왔다. 그리고는 법장과 이내 작별하고 홀로 나귀를 타고 등주를 향해 서둘러 발길을 재촉하였다.

11
선묘 설화

 의상대사가 신라로 가는 배를 타려고 다시 등주에 당도한 것은 서기 671년 동짓달 그믐께였다.
 부처님의 법을 구하기 위해 등주에 당도했던 해로부터 만 10년의 세월이 흐른 뒤였다.
 "그래, 그래. 너는 여기서 잠시 기다리고 있거라."
 나귀에서 내려 잠시 걸어오던 의상대사는 나귀가 알아듣기나 하는 듯 다정스레 말하고는 마을 어귀 나무에 나귀를 매어놓고 선묘 낭자가 살고 있던 신심 깊은 중국인 거사집을 찾아서 들어갔다.
 그 사이 십 년 세월이 흘렀으니 이제는 선묘 낭자도 출가하여 일가를 이루고 중년 부인이 되어 있을 것이라 생각되었다.
 잠시 옛생각을 하며 주위를 두리번 거리는데 누군가가 안에서 나왔다.

"누구를 찾아오셨습니까?"

"아, 예. 소승은 의상이라 하옵니다만 이 댁 거사님은 아니 계시는지요?"

"아이구, 우리집 주인 어르신 말씀이십니까요?"

"그렇소이다만……."

"우리집 주인 어르신께서는 3년 전에 벌써 저 세상으로 가셨습니다."

"예에? 아니 그러시면 부인 마님은요?"

"주인 마나님이요? 주인 마나님은 그 다음 해에 돌아가셨구요."

"아니, 그러면 선묘 낭자는 어찌 되었습니까?"

"아, 우리 선묘 아가씨? 선묘 아가씨는 시집도 아니 가시고 예서 그대로 살고 있습니다."

"어디 있소이까, 지금?"

"우리 선묘 아가씨는 저기 저 새로 지은 법당에서 밤이나 낮이나 불공을 올리고 있습니다. 저기 저 법당 보이시지요?"

중국인은 손가락으로 멀리 보이는 법당을 가리켰다.

의상대사는 잠시 발걸음을 멈추고 멀리 바라보이는 법당을 바라보았다.

법당에서는 선묘 낭자가 목탁을 두드리며 천수경을 읽는 소리가 들려왔다.

"원아속지 일체법
나무대비 관세음
원아조득 지혜안
나무대비 관세음
원아속도 일체중
나무대비 관세음
원아조득 선방편
나무대비 관세음
원아속승 반야선
나무대비 관세음
원아조득 월고해
나무대비 관세음"

　의상대사는 법당 앞으로 몇 걸음 다가가다가 그만 그 자리에 걸음을 멈춘 채 선묘낭자의 낭낭한 독경소리를 듣고 있었다.
　그리고는 잠시후 그대로 발걸음을 돌리고 말았다. 지극정성으로 독경하고 있는 선묘 낭자를 차마 부를 수가 없었던 탓이었다.
　의상대사는 차라리 이대로 만나지 아니한 채 떠나는 것이 선묘 낭자를 위하는 길이라고 생각하고 천천히 발걸음을 옮겨 선묘 낭자의 집을 나오고 말았다.

그런데 의상대사가 떠난 뒤에 그 집 하인이 집으로 돌아온 선묘 낭자에게 물었다.

"선묘 아가씨, 조금 전에 스님이 왔다 갔는데 만나지 못했습니까?"

"무엇이라구요? 스님이?"

"그렇습니다. 의상스님이라는 분이 선묘 아가씨를 만나러 법당 쪽으로 갔었는데 만나지 못했다는 말입니까?"

"의상스님이라니요? 틀림없어요?"

"그렇구말구요. 틀림없이 의상스님이라고 그랬습니다."

"알았어요. 내 잠깐 안에 들어갔다 나올것이니 그 사이에 마차를 준비해 두세요. 어서 빨리요!"

선묘 낭자는 허겁지겁 안으로 뛰어들어갔다.

한편 의상대사는 선묘의 집에서 나온 뒤 곧바로 선창가로 나갔다.

의상대사는 서둘러 그곳에 있는 중국인에게 물었다.

"혹시 근간에 해동국 신라로 가는 배편이 없겠소이까?"

"신라로 가는 배?"

"그렇소이다."

"신라로 가는 배라면 지금 막 짐을 싣고 있는 바로 저 배가 신라로 간다고 그러던데……."
 "아니, 그럼 저 조그마한 배가 신라로 간단 말이시오?"
 "그런데 뱃삯은 가지고 있으신 게요?"
 중국인은 의심스러운 듯 물었다.

 "뱃삯은 두둑히 드릴 것이오. 그리고 이 나귀도 드릴 것이니 어서 좀 알아보아 주시오."
 "헤헤헤헤, 이 나귀를 나한테 거간비로 주겠다 그런 말이지?"
 "나귀는 당신 드릴 것이요, 뱃삯은 따로 드릴 것이니 어서 좀 알아 보아 주시오."
 "좋아, 좋아. 여기서 잠시만 기다리시오. 내가 가서 알아 보고 올 테니까……."
 선창가 객주집 주인인 중국인은 급히 달려가서 뱃사람과 몇 마디 수작을 걸더니만 곧바로 달려왔다.
 "좋아, 좋아. 뱃삯만 제대로 낸다면 태워준다고 했으니 어서 가서 타도록 해요."
 "고맙소이다. 자, 그럼 이 나귀는 당신이 갖도록 하시오."
 "그래, 그래. 말 몇 마디 해주고 나귀 한 마리 생겼다. 헤헤헤……."
 "나를 태우고 오느라고 나귀 네가 고생이 많았느니라. 자, 그럼

새주인 잘 모시고 잘 지내도록 해라."

"헤헤헤, 이 나귀가 사람 말귀를 알아듣는 모양이야. 이거, 헤헤헤……."

외상대사는 신라로 가는 배에 올랐다.

이윽고 짐싣기를 마친 그 배는 닻줄을 걷어 올리고 돛폭을 올린 뒤 천천히 천천히 등주 포구 선창가를 벗어나기 시작했다.

그런데 바로 그때였다. 선묘 낭자가 급히 마차를 몰아 선창가에 당도하였다.

"이것 보십시오, 혹시 이 근처에서 스님 한 분을 못보셨나요?"

"스님? 머리 깎고 걸망을 짊어진 스님 말씀이야?"

"그래요. 그런 스님 혹시 못보셨느냐구요?"

"못보기는 왜 못봐? 조금 전에 내가 보았지."

"아 예, 보셨다구요? 그럼 그 스님은 지금 어디 계시는지요?"

"갔어!"

"가다니요? 어느쪽으로 말씀이예요?"

"저기 저, 저 배를 타고 떠났어."

중국인은 막 선창가를 떠난 그 배를 손가락으로 가리켰다.

"예에? 아니 바로 저기 가는 저 배 말씀이신가요?"

"그래. 그 스님이 이 나귀를 나한테 주고 갔어!"

선묘 낭자는 더 이상 할 말을 잃고 말았다.

"스님, 너무하시옵니다. 참으로 너무 하시옵니다. 소녀는 십 년 세월을 밤이나 낮이나 스님 생각만 하면서 일구월심으로 스님을 다시 뵙기 소원이었사온데, 이리도 무정하시게 또 가시다니요.

스님, 너무하시옵니다. 참으로 너무하시옵니다.

스님께 바치려고 봄 여름 가을 겨울에 소녀가 손수 지어놓은 이 법복을 대체 어찌 하라고 그냥 가시옵니까요.

원하옵건데 관세음보살님, 소녀가 정성으로 지어놓은 이 법복을 담은 이 상자가 스님이 타고 가시는 저 뱃전으로 떠밀려 가도록 도와 주소서.

관세음보살님께 빌고 또 비옵니다.

아무쪼록 이 상자가 저 뱃전으로 가게 하옵소서."

선묘 낭자는 의상스님께 올리려고 지어놓은 법복 상자를 바다 위에 던졌다.

그런데 이상한 일이 일어났으니, 선묘 낭자가 법복 상자를 바다 위에 던지자 느닷없이 회오리 바람이 불기 시작하더니 참으로 기이하게도 법복 상자가 쏜살같이 의상스님이 타고 있는 배를 향하여 쫓아가는 것이 아닌가. 참으로 기이한 일이지만 송고승전은 이렇게 기록하고 있다.

선묘 낭자는 자기가 던진 법복 상자가 바람을 타고 쏜살같이 배를 향해 쫓아가는 것을 지켜보다가 다시 합장하고 기도를 올리는

것이었다.

"관세음보살님, 소녀의 소원을 들어주옵소서.

소녀는 이미 십 년 전에 의상스님께 야조하고 부처님 전에 서원 하기를 세세생생 의상스님의 불제자가 되어 세세생생 의상스님을 믿고 의지하며 따르고 보살펴 드리기로 했었사옵니다.

소녀 이제 등주 포구 시퍼런 바닷물에 몸을 던져 한 마리 용이 되어 스님이 타고 가시는 저 배를 지켜드리고, 세세생생 스님을 돌봐드리고 모셔드리고자 하오니 부디 이 소원을 들어 주옵소서.

소녀는 반드시 한 마리 용이 될 것이옵니다."

선묘 낭자는 말을 마치자마자 그만 풍덩 시퍼런 바닷물에 뛰어들고 말았다.

바닷가에 서있던 여인네가 느닷없이 시퍼런 바다 속으로 뛰어들었으니 이 사정을 알게된 사람들이 너도 나도 혀를 차며 선묘의 못이룬 사랑을 가엾이 여겼다.

이 안타까운 이야기가 온 등주 포구에 퍼지고 전해져서 훗날 중국과 우리나라와 일본에까지 알려져, 옛문헌에 그대로 기록되어 오늘에 이르고 있으니, 이것이 바로 애닯고 아름다운 선묘 설화의 시작이다.

한편, 의상대사는 선묘 낭자가 뒤늦게 의상대사를 만나려고 선창가에 나왔다가 바다에 몸을 던져 죽은 줄은 까맣게 모른채 점점

멀어지는 등주포구를 바라보며 아쉬운 작별을 고하고 있었다.
 그런데 바로 그때였다.
 중국 뱃사람이 의상대사에게 말했다.
 "이것 보시오, 스님. 이상스런 물건이 우리 뱃전으로 오고 있소이다."
 "이상스런 물건이라니요?"
 "저기 저, 저것을 보시오. 자꾸 우리 뱃전으로 다가오고 있지 않소이까?"
 "어허, 저런! 아니 웬 나무 상자가 뱃전으로 다가오고 있구먼 그래."
 "그래서 이상한 일이라고 그러지 않았소이까? 자, 자, 저리 비키시오. 이 갈쿠리로 찍어서 어디 한 번 건져 봅시다."
 "조심하도록 하시오.
 "자, 자, 비키라니까요. 에잇!"
 중국 뱃사람은 갈쿠리로 다가오는 나무 상자를 찍었다.
 "헤헤, 찍혔다, 찍혔어! 자, 자, 들어올릴 것이니 저리 좀 비키시오. 으이싸—."
 중국 뱃사람은 나무 상자를 갈쿠리로 찍어 올려 뱃전에 내려 놓고 조심스럽게 뚜껑을 열었다.
 "아니, 이거 백지로 싸고, 또 싸고……. 아니, 이것은 스님들이 입

는 승복이 아닙니까?"

"그렇소이다. 이것은 바로 승복이오."

"이거 필시 스님 입으시라고 누군가가 보내준 모양인데 어디 짚히는 데는 없으십니까요? 어렵쇼, 이 승복 위에 웬 쪽지가 한 장 들어 있습니다요."

"무슨 편지란 말이오? 어서 한 번 읽어 보시오."

"어이구, 스님두 참! 아, 나같은 까막눈이 무슨 재주로 이런 걸 읽습니까요. 자, 스님이 보십시오."

중국 뱃사람은 편지를 의상대사에게 전했다.

편지를 펴본 의상대사는 깜짝 놀라고 말았다.

편지에는 '의상대사님께 선묘가 바치옵니다.'라고 적혀있는 것이었다.

"아니, 그러면……? 선묘 낭자가 이 법복을……? 미안하오, 선묘 낭자! 참으로 미안하오!"

의상대사는 선묘 낭자의 지극정성에 울컥 목이 메어왔다.

그런데 바로 그날 밤 의상대사는 뱃멀미에 시달리다가 정신을 잃고 말았는데 비몽사몽간에 꿈을 꾸게 되었다.

그런데 바로 그 꿈에 선묘가 나타난 것이었다.

"의상대사님께 소녀, 문안 인사 올리옵니다."

"아니, 선묘 낭자가 아니시오?"

"그렇사옵니다, 대사님. 소녀, 분명 선묘이옵니다."
"참으로 미안하게 되었소! 차라리 만나지 아니하고 떠나는 게 선묘 낭자를 위하는 길이라 생각되어 차마 부르지 아니하고 돌아섰소이다."
"잘 하셨사옵니다, 대사님."
"참으로 미안하게 되었소."
"아니옵니다, 대사님. 이제는 미안해 하실 필요가 없으시옵니다."
"선묘 낭자, 이 중을 용서하시오."
"아니옵니다, 대사님. 이제 소녀는 이미 사람의 몸을 버렸사옵니다."
"아니, 선묘 낭자! 그게 대체 무슨 말이시오? 사람의 몸을 버렸다니요?"
"소녀는 대사님이 등주 포구를 떠나신 뒤 시퍼런 바닷물에 몸을 던져 박복한 소녀의 목숨을 버렸습니다."
"아니, 세상에…… 무슨 그런 일을 저질렀단 말이시오."
"소녀는 이제 관세음보살님의 가피를 입사와 한 마리 용이 되었사옵니다."
"무엇이? 선묘 낭자가 용이 되었단 말이시오?"
"그렇사옵니다. 소녀는 이미 십 년 전 대사님께서 종남산으로 떠나실 때 세세생생 스님의 불제자가 되어 스님을 믿고 의지하고 따

르며 세세생생 보살펴 드릴 것을 서원한 바 있었사옵니다."

"그, 그건 나도 기억하고 있소이다마는……."

"소녀 이제 한 마리 용이 되어 세세생생 스님을 믿고 의지하고 따르며 보살펴드릴 것이오니 다른 것은 아무 걱정 마시고, 부처님 정법을 두루두루 널리 펴 주십시오."

"이것 보시오, 선묘 낭자."

"오늘 밤 삼경이 넘으면 폭풍이 몰아칠 것이나 대사님께서는 아무 걱정 마십시오. 이미 용이 된 소녀가 스님이 타고 계신 이 배를 끝까지 잘 지켜드릴 것이옵니다. 자, 그럼 편히 주무십시오."

"이것 보시오, 선묘 낭자, 선묘 낭자—."

심한 바람 소리에 잠이 깬 의상대사의 귀에 중국인 뱃사람의 절박한 목소리가 들려왔다.

"스님, 스님! 큰일 났습니다. 폭풍이 덮쳐옵니다. 폭풍이다! 폭풍이야!"

꿈속에 나타난 선묘 낭자가 말해준 그대로 무서운 폭풍이 불어닥친 것이었다.

의상대사는 참으로 기묘한 일이다 싶어 선묘 낭자를 위해서 기도를 올려 주었다.

갑자기 몰아닥친 폭풍은 금방이라도 의상대사가 타고 있는 배를 집어 삼킬듯이 사나웠다.

 그러나 그 작은 배는 뒤집어질 듯, 뒤집어질 듯 하면서도 용케도 뒤집어지지 아니한채 무서운 속도로 바람에 밀려가고 있었다.

 허나 배가 어찌나 요동을 치는지 의상대사는 그만 또 정신을 잃고 말았다.

 비몽사몽간에 선묘 낭자가 다시 모습을 나타냈다.

 "대사님, 소녀를 위해서 대사님께서 친히 기도를 올려 주시니 참으로 고맙습니다."

 "이것 보시오, 선묘 낭자. 낭자는 참으로 바닷물에 뛰어들어 목숨을 버렸소이까?"

 "예, 대사님께서 포구를 떠나신 뒤 곧바로 바닷물에 뛰어들어 목숨을 버렸습니다."

 "이것 보시오, 낭자. 만일 낭자가 한을 가슴에 품고 바닷물에 뛰어 들었거든 이제라도 그 원한을 버리도록 하시오."

 "대체 대사님께서는 어쩐 까닭으로 소녀의 한을 버리라 하시옵니까?"

 "세상만사는 무상한 것! 육신도 내것이 아니요, 부귀영화도 내것이 아니요, 애욕도 원한도 내것이 아니니 부디 아무것에도 집착하지 마시오."

 "소녀 비록 한을 품고 목숨을 버리기는 했사오나 결코 대사님을

원망하지는 않을 것이오니 염려하지 마십시오."
 "낭자의 간절한 소원을 내가 외면했으니 어찌 원망하는 마음이 없겠소이까?"
 "아니옵니다. 소녀에게는 이제 더 큰 서원이 있을뿐, 대사님을 원망하는 마음은 티끌만큼도 없사옵니다."
 "낭자께서 참으로 무상도를 깨달아 원망하는 마음을 버렸다고 하면 진정으로 반가운 일이오."
 "소녀는 이미 대사님께 맹세한 그대로 한 마리 용이 되어 세세생생 대사님을 믿고 의지하고 따르며 보살펴드릴 것이오니, 대사님께서는 이제 눈을 뜨시고 제자리에 일어나 앉도록 하십시오. 소녀는 그만 물러가옵니다."
 선묘 낭자는 이렇게 말하더니 의상대사에게 절을 하고는 사라지는 것이었다.
 "이것 보시오, 낭자, 낭자, 낭자—."
 의상대사가 선묘 낭자를 부르다가 잠을 깨고보니 꿈이었다.
 중국인 뱃사람이 의상대사 곁에서 걱정스레 서 있다가 의상대사가 눈을 뜨자 반가운 기색으로 말했다.
 "이것 보십시오, 대사님. 이제 정신이 좀 드셨습니까요?"
 "배는…… 아직 무사합니까?"
 "아직 바람이 드세기는 합니다만 그래도 이젠 한결 부드러워졌습니다요."

"그러면 이제 한 고비 넘겼다는 말이십니까?"

"천행으로 목숨은 건진 것 같습니다요. 돛대도 부러지고 짐도 날아갔습니다만 배는 무사하니 말씀입니다요."

"……나무관세음보살…… 나무관세음보살……."

바다에서 폭풍을 만나 천신만고 끝에 의상대사가 지금의 경기도 남양만으로 귀국한 것은 서기 671년 섣달이었다고 옛문헌에는 기록되어 있다.

의상대사는 부처님의 정법을 구하기 위해 당나라로 건너간 지 만 십 년만에 신라로 다시 돌아온 것이다.

12
낙산사와 홍련암

의상대사는 고국땅을 밟자마자 여독을 풀 사이도 없이 발길을 재촉하여 서라벌로 향했다.

궁궐에 가서 서둘러 왕을 만난 자리에서 의상대사가 당나라에서 김흠순과 만난 이야기를 했다.

"무엇이라구요, 대사님? 당나라가 우리 신라를 침공할 것이라구요?"

"그렇사옵니다, 대왕마마."

"대체 누가 그런 소리를 했단 말이시오?"

"당나라에 볼모로 가 있는 김유신 장군의 아우님 되시는 김흠순 공이 은밀히 소승을 찾아 와서 급히 귀국할 것을 부탁했사옵니다."

"김흠순이 은밀히 왔더라?"

"그렇사옵니다. 김공의 말에 의할 것 같으면 당나라 고종이 십만 대군을 움직여 우리 신라를 칠 준비를 서두르고 있다 하옵니다."

"백제와 고구려를 멸망시켰으니, 이제는 우리 신라를 치겠다?"

"그렇사옵니다."

"허면 대사의 생각으로는 과연 어찌하면 좋겠소이까?"

"소승은 불도만 닦는 몸이라 감히 어찌 국사를 논할 수 있겠사옵니까마는 옛부터 이르시기를 유비무환이라 하셨으니……."

"미리 대비를 해두어야 후환이 없을 것이다, 그런 말씀이시오?"

"북방의 성곽방비를 튼튼히 하시고, 서쪽 바다의 경비를 단단히 하심이 옳은 일인 줄로 아옵니다."

"내 그렇지 아니해도 작년 8월에 안승을 고구려 왕에 책봉하고 북방 성곽을 단단히 방비토록 하였거니와 오늘 대사님의 말씀을 듣고 보니 방심할 때가 아닌 줄을 알게 되었소."

"성은이 망극하옵니다."

"당나라 장수 이근행이 우리 조정에 알려오기를 고구려 유민과 백제 유민들이 떼지어 반란을 일으킴으로 이들을 징벌키 위해 당나라 대군을 불러 오겠다 하였는데 바로 그것이 우리 신라를 침공할 계략이었구먼."

"그러하온 줄로 아옵니다."

"대사님이 급히 귀국하여 알려주지 아니 했으면 참으로 큰일을

당할 뻔 했으니, 대사님의 큰 공을 내 결코 잊지 아니할 것이오."
"성은이 망극하옵니다."

의상대사는 문무왕을 친히 만나뵙고 당나라의 신라 침공 계획을 사세히 말씀드린 뒤 서라벌 장안 황복사에 잠시 머무르고 있었다.
이 황복사는 바로 의상대사가 맨처음 삭발 출가했던 인연 깊은 사찰이었다.
하루는 젊은 승려가 의상대사를 찾았다.
"대사님께 소승 문안 인사 올리옵니다."
"그대는 누구이던고?"
"예, 소승 표훈이라 하옵니다."
"머리 깎은 지는 얼마나 되었는가?"
"예, 소승 삭발한 지는 3년이 되었사오나 아직 스승을 만나뵙지 못하와 공부를 익히지 못했사옵니다."
"허면 그대는 대체 어떤 연유로 삭발하게 되었는고?"
"예, 소승 본디 진골 가문의 자식으로 관직에 있었사옵니다."
"그러면 관직에 머물러 있을 것이지 어찌 하여 삭발 출가했더란 말이던가?"
"예, 관직에 머물러 있자 하오면 보지 못할 일을 너무 많이 보게 되는지라 그래서 그만 두었습니다."

"보지 못할 일을 많이 보게 되다니, 대체 그게 무슨 소리던가?"
"말씀드리기 죄송하오나 자고로 관직에 있는 자는 공명정대하고 공평무사함을 근본으로 삼아야 할 줄로 아옵니다."
"그야 백 번 천 번 옳은 말일세. 그런데 무엇이 어떻더란 말인가?"
"백성은 헐벗고 굶주리는데도 관직에 있는 자는 배불리 먹고, 잘 입으며 지내고 있습니다."
"백성은 헐벗고 굶주리는데, 관직에 있는 자는 잘 먹고 잘 입는다?"
"그렇사옵니다."
"그야 나라에서 먹을 것, 입을 것을 그만큼 주었으니 그럴것 아닌가?"
"아니옵니다. 나라에서 주는 국록만을 받아 먹는 것이 아니오라 온갖 못된 짓을 자행하고 있사옵니다."
"허허, 대체 그게 무슨 소리던고?"
"다시 말씀드리자오면, 관직에 있는 자들의 협잡이 많다는 말씀입니다."
"대체 어떤 협잡이 많다는 말이신가?"
"예, 백성을 병졸로 끌어감에 있어 뇌물을 받아 먹으면 순서를 늦춰주거나 아예 빼주는가 하면……"

"허허, 저런! 아니 그래 그게 사실이란 말이던가?"

"그뿐만이 아니옵니다. 백성들을 끌어다가 부역을 시키면서도 뇌물을 받아먹으면 편한 일을 시키고 아예 빼주기두 합니다."

"아니 대체 어떤 자들이 감히 그런 더러운 짓을 자행한단 말이던고?"

"어떤 자, 어떤 자들만이 그러는 것이 아니오라 열 명 가운데 칠, 팔 명은 그러는 줄로 아옵니다."

"허허, 저런! 아니 그러면 우리 신라 벼슬아치들이 그렇게나 썩어있다는 말이신가?"

"오죽했으면 소승이 그 좋다는 관직을 버리고 삭발 출가를 했겠사옵니까?"

"아니 그러면 이 사람아, 그런 더러운 짓을 하지 못하도록 윗사람에게 진언을 할 것이지, 어쩌자고 관직을 버렸더란 말인가?"

"윗사람이 더 큰 도적인데 누구에게 진언을 할 수가 있겠습니까요?"

"무엇이? 윗사람이 더 큰 도적이라구?"

"그렇사옵니다. 소승이 출가하게 된 내력은 그렇사오니 아무쪼록 대사님께서는 소승을 문하에 거두어 주십시오."

"알겠네. 그대의 심지가 그토록 바르고 곧거늘 내가 어찌 그대를 물리칠 것인가!"

"고맙습니다, 대사님. 참으로 고맙습니다."
 이렇게 해서 의상대사는 문하에 표훈이라는 첫제자를 두게 되었다.
 황복사에 머물고 있던 어느날 밤, 의상대사는 또 선묘 낭자의 꿈을 꾸게 되었다.
 "대사님, 소녀이옵니다."
 "아니, 선묘 낭자 아니시오?"
 "그렇사옵니다, 대사님. 대사님께서는 이곳 서라벌에 머물러 계실 때가 아니시옵니다."
 "아니 그러면 날더러 이 서라벌을 떠나란 말이시오?"
 "서라벌을 떠나 동쪽 바닷가를 따라 한참을 올라가시면 바닷물이 바위굴 속으로 드나드는 신령스러운 곳을 만나게 되실 것이옵니다."
 "바닷물이 바위굴 속으로 드나드는 신령스러운 곳이라면?"
 "대사님께서 그곳에서 지극정성으로 기도를 올리면 관세음보살님을 만나뵐 수가 있을 것이옵니다. 속히 서두르시옵소서."
 의상대사가 깜짝 놀라 깨고 보니 꿈인지라, 의상대사는 다음날 날이 새자마자 걸망을 챙겨 짊어지고 나섰다.
 제자 표훈이 놀라서 물었다.
 "아니, 대사님. 갑자기 어인 행보이신지요?"

 "그래, 내가 갑자기 볼일이 생겨서 어디를 좀 다녀올 것이니, 그대는 이 황복사에서 기다리고 있도록 하시게."

 "아니옵니다, 대사님. 소승이 마땅히 모시고 다녀오는 것이 도리인 줄로 아옵니다."

 "이, 이닐세. 이번에는 반드시 나 혼자 가야할 일이니, 그대는 이 황복사에 남아 있도록 하게."

 "아, 알겠사옵니다. 대사님, 하오시면 편안히 잘 다녀오십시오."

 "그래, 알았네. 그대신 간밤에 내가 준 화엄경을 부지런히 독송토록 하시게."

 의상대사는 그 길로 제자 표훈의 배웅을 받으며 서라벌 황복사를 떠나, 바닷가를 따라 북으로 북으로 발걸음을 옮겼다.

 오랜 세월 전쟁을 겪은 백성들이 이제는 또 탐관오리들에게 시달리고 있다니, 바로 이런 세상에야말로 관세음보살의 천수천안이 필요한 때라는 생각이 간절하였다.

 의상대사가 서라벌을 떠난 지 이레째 되는 날, 의상대사는 지금의 강원도 양양 바닷가에 이르게 되었다.

 의상대사는 앞서가던 여인에게 말을 걸었다.

 "저 잠시 말씀 좀 여쭙겠습니다."

 "예, 무슨 말씀이신지요?"

 "혹시 이 근처 바닷가에 바닷물이 들어갔다 나왔다 하는 바위굴이 어디 있는지 알고 계시는지요?"

"바닷물이 들락날락하는 바위굴이요?"

"예."

"이 근처에는 보시다시피 절벽이 없어서 바위굴은 없습니다요."

"아, 예. 그러면 혹시 절벽이 있는 바닷가는 어디쯤에 있는지요?"

"여기서 한 이십 리 더 올라가시면 아슬아슬한 절벽이 나올 것입니다요."

"아, 예. 소상하게 알려 주셔서 참으로 고맙습니다."

의상대사가 인사를 하고 서둘러 가려하자 여인이 이상하다는 듯 의상대사를 쳐다보았다.

"아니, 그런데 스님."

"예?"

"스님께서는 어쩐 일로 절벽을 찾으시고 바위굴을 찾으십니까요?"

"아, 예. 그럴 일이 좀 있어서 그렇습니다."

"바닷가에 있는 절벽이나 바위굴에는 물귀신이 나온다고 해서 얼씬도 못하게 하는데요."

"아, 예. 염려해 주셔서 고맙습니다."

바닷가를 따라 한 이십 리쯤 더 올라가다보니, 과연 아슬아슬한

절벽이 줄지어 나타났다.

그런데 절벽에서 내려다 보니 이십 길도 더 되어보이는 절벽 밑에 거센 파도가 하얗게 철썩철썩 부서지고 있었다.

의상대사는 아슬아슬한 설벽을 더듬어 내려가 주변을 자세히 살펴 보았는데, 바로 그 절벽 밑에 시퍼런 바닷물이 들어갔다 나왔다 하는 바위굴이 있었다.

의상대사는 바로 이 바위굴 속에 자리를 잡고 관세음보살님께 간절한 기도를 올렸으니, 이는 도탄에 빠진 가엾은 중생들을 구하고자 하는 큰 서원이었다.

"머리 숙여 바라옵나니, 제자는 세세생생 관세음보살님을 스승으로 모시겠사옵니다.

관세음보살님께서 아미타불을 떠받들듯이 저도 관세음보살님을 떠받들겠사옵니다.

열 가지 서원과 여섯 가지 해야 할 일, 그리고 천 개의 손과 천 개의 눈, 대자대비를 모두 모두 함께 하겠사옵니다.

몸을 버리거나 몸을 받거나, 이 세상에서나, 다른 세상에서나 관세음보살님이 계신 곳을 그림자처럼 따라다니며 항상 관세음보살님의 가르침을 듣고 진리의 교화를 도와드리겠사옵니다.

그리하여 이 세상 모든 중생들로 하여금 관세음보살님을 찬탄하는 대비주를 읊도록 할 것이며, 관세음보살님의 명호를 늘 생각하게 하며 다 같이 관세음보살님의 원통삼매에 들게 하겠사옵니다."

이때 의상대사가 지은 발원문이 바로 오늘날까지 전해 내려온 저 유명한 「백화도량 발원문」인데, 의상대사는 밤낮 며칠 동안을 꼼짝하지 아니하고 이 바위굴에 들어앉아 관세음보살님께 구구절절 간절한 서원을 담아 기도하고 또 기도했다.
그러던 어느날 새벽이었다.
의상대사의 귀에 관세음보살의 목소리가 들려오는 것이었다.

"의상은 들을지어다!
나의 참다운 모습은 육안으로는 볼 수 없으니, 육안으로 볼 수 있는 것은 나의 화신일 뿐이다.
그대가 앉아 있는 굴 위로 넘어가면 푸른 대나무와 검은 대나무가 두 그루 솟아 있을 것이니, 바로 그 자리에 암자를 세우고 내 형상을 조성하여 모든 중생들로 하여금 인연을 맺고 복덕의 종자를 심도록 하라."

의상대사는 감격하여 엎드려 절하고 또 절하였다.
"고맙습니다, 관세음보살님!

 관세음보살님의 참다운 모습은 육안으로는 볼 수가 없다 하셨거니와 화신은 중생의 인연따라 나타나시니, 원컨대 소승에게 화신을 보여주시오면 그 모습대로 성스러운 모습을 조성하여 이 세상 모든 시방삼세 중생들에게 복밭을 삼도록 하겠사오니 부디, 부디 화신을 나타내어 수옵소서!"

 의상대사가 관세음보살님께 그 모습을 보여주시기를 다시 7일간 기도 드리니, 바위굴 속에 홀연히 붉은 연꽃이 피어 오르고 그 연꽃 위에 황홀할만큼 아름다운 관세음보살상이 나타났다.
 의상대사가 이에 수없이 예배하고 다시 보니 그 자취가 묘연했다.
 그리하여 의상대사는 바위굴에서 나와 푸른 대나무와 검은 대나무가 서 있는 자리에 절을 세웠으니, 그 절이 바로 오늘날의 낙산사가 되었다.
 그리고, 붉은 연꽃이 피어오른 바위굴 위에 암자를 지었으니 그 암자가 바로 오늘의 홍련암이 되었으며 그때의 의상대사를 기려 그 앞에 바로 의상대를 지어 오늘에 이르게 되었다는 설화가 전해지고 있다.
 의상대사와 낙산사, 그리고 홍련암과 의상대에 얽힌 전설은 참으로 가지가지 변형되어 전해지고 있지만 아무튼 의상대사는 이때에 푸른 대나무와 검은 대나무가 두 그루 서 있던 곳에 지금의 낙산사를 세우고 한동안 그곳에 머물고 있었다.
 그러던 어느날 밤이었다.
 "의상대사님, 의상대사님."
 "아니, 선묘 낭자가 아니시오?"
 "그렇사옵니다, 대사님. 소녀는 선묘이옵니다."
 "참으로 고맙소. 낭자가 꿈 속에서 일러준 덕분에 나는 이곳 바위굴에서 관세음보살님을 친견하였소."
 "허지만, 대사님. 대사님은 소녀의 말을 잘 들으셔야 합니다."
 "무슨…… 말씀이시오?"
 "대사님은 분명히 관세음보살님께 무어라고 맹세하셨든가요?"
 "세세생생 스승으로 모시겠다고 맹세하였소이다."
 "대사님께서 맹세하신 것이 오직 그것 뿐이었던가요?"
 "아니오. 또 있소이다. 관세음보살님이 천 개의 손, 천 개의 눈으로 이 세상 모든 중생들에게 자비를 베푸시듯이 나 또한 그와 같이 할 것이라고 맹세하였소이다."
 "대사님께서는 그 맹세를 잠시도 잊어서는 아니되실 것이옵니다."
 "결코 잊지 아니할 것이오."
 "그럼 어서 이곳을 떠나셔야 할 것이옵니다."

"아니 이곳을 떠나야 한다니요?"

"다시 서라벌로 돌아가 중생들에게 부처님의 정법을 두루두루 전하시고 관세음보살님의 천수천안 대자대비를 골고루 심어야 할 것이옵니다."

"아, 내가 잠시 그걸 잊고 있었구료. 내 당장 중생 속으로 돌아가 부처님의 정법을 널리 전하고 천수천안 대자대비를 널리널리 심도록 하겠소이다."

선묘 낭자는 이렇듯 때맞춰 의상대사가 앞으로 할일을 알려 주었으니, 저승에 가서라도 두고두고 의상스님을 모시고 돕겠다 했던 선묘 낭자의 그 서원의 깊이가 참으로 대단하다 하겠다.

13
부석사를 창건하다

 의상대사는 다시 낙산사를 떠나 서라벌로 돌아와 황복사에 머물며 후학들에게 화엄일승법계도를 가르치고 있었다.
 의상대사가 다시 황복사로 돌아와 부처님의 정법을 널리 펴고 있다는 말을 들은 문무왕은 사람을 시켜 의상대사를 왕궁으로 모셨다.
 "그래, 대사님께서는 그동안 어디에 가 계셨더란 말이시오?"
 "예. 바닷가 굴 속에 들어가서 기도를 드리고 왔사옵니다."
 "국태민안과 국운융창을 위해서 기도를 드리셨소이까?"
 "그러하옵니다."
 "장한 일이시오. 내 듣자하니 대사님께서는 황복사에 계시며 후학들을 지도하신다던데?"
 "예, 그러하옵니다."

"나라의 위급지경을 일러주신 공도 크려니와 후학들을 지도하는 공 또한 크다 할 것이니 내 대사님께 후한 상을 내릴 것이오."

"아니옵니다. 상같은 것은 내리지 아니하셔도 좋을 것이옵니다."

"무슨 겸손의 말씀을 하십니까?"

"그보다도 대왕마마, 빈도가 대왕마마께 올릴 말씀이 있사오니 윤허하여 주십시오."

"대사님께서 짐에게 하실 말씀이 있으시다면 언제든지 하시오."

"성은이 망극하옵니다."

"그래, 무슨 말씀이신지 어서 한 번 들어봅시다."

"말씀드리기 황공하오나 자고로 관직이 부패하면 만 백성이 괴롭다 하였사옵니다."

"아, 아니 그건 또 무슨 말씀이시오?"

"십수 년간 계속된 싸움으로 만 백성이 헐벗고 굶주리며 신음하고 있는데, 관직에 있는 자들은 호의호식하며 협잡을 하고 있다 하오니 이들을 척결하여 주시옵소서."

"무엇이? 관직에 있는 자들이 호의호식을 하며 협잡을?"

"그렇사옵니다. 관직에 있는 자들은 국록만을 받아먹는 것이 아니오라, 백성들로부터 곡식을 걷어 사복을 채우는가 하면 노역을 빼주거나 봐주는 대가로 뇌물을 받아먹고, 심지어는 싸움터에 내보내는 것을 면제해 주는가 하면, 죄없는 백성을 잡아 가두고 재물을 빼앗는다 하옵니다."

 의상대사의 말을 들은 문무왕의 얼굴이 굳어졌다.

 "알았소이다. 내 당장 엄한 명을 내려 소상하게 밝힌 뒤에 탐관오리들을 발본색원할 것이오."

 "성은이 망극하옵니다."

 "그리고, 대사!"

 "예."

 "탐관오리는 일거에 발본색원할 것이오마는 대사께서는 그 비좁은 황복사에 계시지 말고 황룡사로 옮겨 계시도록 하시오."

 "아니옵니다. 빈도는 황복사도 너무 드넓은지라 거처를 옮길까 하옵니다."

 "거처를 옮기겠다니 대체 어디로 가시겠다는 말씀이오?"

 "예, 빈도는 중국 당나라 종남산 지상사에서 화엄경을 공부하고 돌아왔사옵니다."

 "그, 그래서요?"

 "빈도는 우리 신라 땅에 이제 부처님의 화엄경을 널리 펴고자 하옵니다."

 "그, 그거야 대사님 뜻대로 하시오. 그래 무엇을 어찌 도와주면 되겠소이까?"

 "우선 빈도가 여러 산을 돌아보고 부처님의 화엄 도리를 펼만한

곳을 정한 뒤에 그곳에 화엄사찰을 짓고자 하옵니다."
"그렇게 하도록 하시오. 내 반드시 도와줄 것이오."
"성은이 망극하옵니다."

의상대사는 제자 표훈과 함께 이곳 저곳을 돌아다니며 화엄경을 널리 전할 가람터를 구하는 중에 지금의 경상북도 영주군 봉황산에 이르게 되었다.
산에서는 뻐꾸기 우는 소리가 들려왔다.
의상대사는 흘러내리는 땀을 손등으로 닦으며 제자 표훈을 돌아보았다.
"자, 여기서 좀 쉬었다 가야겠구나."
"산세가 아주 빼어납니다, 스님."
"그래. 여기서 조금만 더 들어가면 좋은 가람터가 있을 법도 하구나."
의상대사는 제자 표훈과 함께 잠시 바위에 걸터앉아 땀을 식힌 뒤에 산속으로 더 들어가게 되었는데, 거기에 참으로 좋은 절터가 나타났다.
의상대사가 기쁜 얼굴로 제자 표훈을 불렀다.
"이것 보아라."
"예, 스님."

"저기 저 바위가 보이느냐?"

"예, 저 크고 넓은 바위 말씀이시지요?"

"그래. 그 밑으로 펼쳐진 땅이 보이느냐?"

"예."

"바로 저 자리에 절을 세우면 이 땅에 화엄종이 널리 번성할 것이니라."

"저 자리가 명당이란 말씀이시옵니까?"

"산세 생긴 것이 중국 종남산 지상사와 아주 닮았으니 저기다 절을 세우면 부처님 법이 흥왕할 것이다."

"아, 예. 그러면 내려가 보시지요."

의상대사는 제자 표훈과 함께 조심스럽게 산길을 내려갔다.

그런데 의상대사가 명당이다 싶어 막상 그 자리에 당도하고 보니 느닷없이 수백 명의 사내들이 웅성거리며 모여들어 의상대사를 둘러싸는 것이었다.

의상대사가 제자 표훈에게 말했다.

"아니, 이게 대체 어찌된 일이란 말이냐?"

"그, 그러게 말씀입니다요. 아닌 산 중에 웬 사람들이 이렇게 많은지……"

제자 표훈 역시 어리둥절했다.

"대체 댁들은 웬 분들이십니까?"

의상대사의 물음에 사내들이 큰 목소리로 말했다.

"허허, 이거 누가 할 소리를 누가 하고 있는 게야. 이거? 대체 당신들은 뭣하는 사람들이야. 이거 엉?"

"이, 이것 보십시오. 말씀을 좀 삼가서 하십시오."

제자 표훈이 어쩔 줄을 몰라 하며 사내들에게 말했다.

"뭐야? 허허, 이거 하룻강아지 범 무서운 줄 모른다더니 풋내기가 어디서 감히 입을 함부로 놀리고 이래, 이거? 엉?"

"아, 아, 고정하시고 말씀이나 좀 나누어 보십시다."

의상대사가 조용히 타일렀다.

"말이고 뭣이고 간에 대체 당신들은 무엇하는 사람들이야? 엉?"

사내들이 막무가내로 큰 소리만 지르자 제자 표훈이 다시 나섰다.

"아, 글쎄 저는 말이지요……"

"아, 아, 너는 좀 가만 있거라. 보시다시피 우리는 출가 수행자들인데……"

"어, 그러고 보니 불교를 믿는 승려들이다 그런 말이로구먼 그래. 응?"

"그렇소이다만, 댁들은 대체 무엇하시는 분들이신지요?"

"우리도 도를 닦는 도인들이오, 왜?"

"도를 닦는 도인들이시라면……?"

"우리는 부처님도 믿고, 산신령도 믿고, 바위도 믿고, 나무도 믿고, 물도 믿고, 귀신도 믿는 도인들이다 이거요. 여기 있는 이 사람들은 모두 다 도인들이구……. 안 그런가, 도인들?"
사내의 말에 모여 있던 사람들이 웅성거리며 웃었다.
잠시 후, 다시 사내가 의상대사에게 물었다.
"헌데 대체 당신들은 무슨 일로 우리들이 도 닦는 데를 들어온 게야? 엉?"
"여러분들이 계신지는 모르고 왔소이다마는……. 산세가 하두 좋기에……."
"허허, 그러구보니 이 양반이 풍수지리 깨나 보시는 분인 모양인데, 이 명당은 우리가 먼저 차지했으니 다른 데나 가서 알아 보시우. 내 말 알겠소?"
"그야 그래야겠지요. 허나……."
"허나 무엇이란 말이오?"
"이 깊은 산속에 들어왔으니 내려갈 길이 아득해서 그렇소이다."
"아니, 그러면 우리더러 하룻밤 재워달라 그런 말이오?"
"세상을 떠나 도를 닦는 분이니 그만한 도리는 아실 게 아니시겠소?"
"좋소! 그러면 하룻밤만 재워주면 두 말 없이 내려가겠단 말이지?"

"그, 그야 여부가 있겠습니까요."
"그렇다면 좋아! 똑같이 도를 닦는 처지이니 저기 저 바위 틈에서 하룻밤 자고 가시오!"
이렇게 해서 의상대사는 그날밤을 바위 틈에서 지새게 되었다.
그런데 한밤중에 그곳에서 선묘 낭자의 목소리가 들려왔다.
"의상대사님, 의상대사님!"
"아니, 선묘 낭자!"
"대사님께서는 아무 염려 마시고 바로 이 자리에 화엄도량을 세우도록 하십시오."
"이 자리에 도량을 어떻게 세우란 말이시오? 이미 다른 사람들이 차지하고 있거늘……."
"그 점은 조금도 염려치 마시고 소녀가 당부하는 대로만 하시면 되옵니다."
"……어떻게 하라는 말이시오?"
"내일 날이 밝으면 저 넓고 큰 바위를 소녀가 공중에 들어 저 무지한 무리들을 내쫓을 것이오니, 대사님께서는 저 무지한 무리들이 달아난 뒤에 바로 그 자리에 화엄도량을 세우도록 하십시오."
"아니, 저 넓고 큰 바위를 낭자가 어떻게 공중에 들어올린단 말이시오?"

"소녀는 이미 연약한 소녀가 아니라 한 마리 용이 되었으니 두고만 보십시오!"

중국에서 찬녕이라는 사람이 편찬한 『송고승전』은 의상대사와 선묘와의 설화를 이렇듯 소상하게 기록하고 있다.

이 선묘 설화에 의할 것 같으면 잡배들이 먼저 와서 점령하고 있던 가람터였으나, 선묘의 화신인 선묘용(龍)이 큰 바위를 공중에 들어 위협하여 잡배들을 쫓아버렸다는 이야기다.

그리고 이 선묘 설화는 일본에까지 건너가 일본 교토 고산사에 그림과 글로 엮어진 책이 오늘날까지 보존되어 오고 있는데, 일본의 보물로 지정되어 있을 만큼 귀중한 자료로 평가되고 있다.

아무튼 의상대사는 서기 676년, 문무왕 16년 2월에 지금의 경상북도 영주군 부석면 봉황산에 부석사를 창건하였다고 우리의 옛문헌인 『삼국사기』에는 기록되어 있다.

14
너는 이제 내 제자니라

의상대사는 이 부석사에서 화엄일승법계도를 가르치고 있었다. 하루는 제자 표훈이 뛰어왔다.

"스님, 스님, 웬 젊은이가 스님을 뵙겠다고 찾아왔는데요."

"나를 만나겠다고?"

"예."

"어디 한 번 데리고 와 보아라."

"예."

잠시 후에 제자 표훈이 웬 젊은이 한 사람을 의상대사 앞으로 데리고 왔다.

"그래, 네가 나를 만나러 왔더란 말이냐?"

"예."

"어디서 살던 사람인고?"

"예, 소인은 저 산 밑에 살던 사람이옵니다만……."
"허면 이름은 무엇이던고?"
"예, 진정이라 하옵니다."
"그래, 무슨 일로 나를 찾아 왔느냐?"
"예, 소인도 머리를 깎고 스님의 제자가 되려고 찾아 뵈었습니다."
"내 제자가 되겠다?"
"예."
"그동안 집에서는 농사를 지었더냐?"
"아니옵니다."
"허면 대체 무엇을 해서 먹고 살았더란 말인고?"
"노모가 한 분 계시온데 집안이 워낙 가난한지라 농사 지을 땅 한 마지기도 없었사옵니다."
"그, 그래서?"
"그래서 생각다 못해 군졸이 되어 거기서 밥을 얻어먹고 지냈사옵니다."
"그러면 너 하나는 군졸이 되어 밥을 얻어 먹었다 치고, 늙으신 어머니는 어찌 했더란 말이던고?"
"예. 싸움이 없을 적에 마을로 내려가 품팔이를 해서 어머님 식량을 마련해 드렸었습니다.

"흐음, 그런데 어쩌자고 머리 깎고 출가하겠다는 것인고?"

"소인은 배운 것이 별로 없사오나 사람을 죽이는 일은 천성에 맞지 아니하는지라 군졸 노릇을 하기가 죽기보다 싫사옵니다."

"그, 그래서?"

"그래서 어머님께 말씀드렸더니 이 봉황산 부석사에 가면 큰스님이 계실 것이니 찾아뵈라 하셨사옵니다."

"허면 늙으신 어머님의 생계는 어찌 한단 말이더냐?"

"소인이 어머님을 걱정해서 못가겠다고 말씀드렸더니 어머님께서 이렇게 말씀하셨습니다.

'이런 멍청한 녀석! 이 보잘것 없는 늙은 어미 죽기를 기다리다가는 사내 대장부 일생을 망칠 것이니 일 년치 먹을 양식만 벌어다 놓고 어서 떠나도록 해라!'"

"그래서, 양식을 벌어다 놓고 떠나왔더란 말이더냐?"

"소인이 떠나지 아니하니 어머님께서 식음을 전폐하시고 죽기를 작정하시는 것이었습니다."

"……알았느니라."

"하오니 스님, 소인의 불쌍한 어머니를 봐서라도 제발 제자로 삼아 주십시오."

"이것 보아라."

"예, 스님."

"네 이름이 무엇이라고 그랬더냐?"

"예, 진정이라 하옵니다."

"그래, 진정아!"

"예, 스님.

"너와 네 어머님의 뜻은 실로 가상하다 할 것이야. 허나 아무나 다 출가 수행자가 되는 것은 아니다."

"소인도 그것은 들어서 알고는 있사옵니다만, 정말로 귀족이 아니면 출가할 수 없는 것이옵니까?"

"물론 그동안 우리 신라에서는 귀족이나 왕족 출신이 아니면 출가 수행자가 될 수 없었다."

"하오시면 스님, 소인은 귀족 집안이 아니오니 스님은 못된다고 하더라도 스님 밑에서 심부름이라도 시켜 주십시오. 그래야 소인의 어머님께서 기뻐하실 것이옵니다."

"이것 보아라, 진정아."

"예, 스님."

"옛날 부처님께서는 그 당시 세상에서 가장 천민이었던 이발사도 제자로 삼으셨다."

"하, 하오시면 우리 신라에서는 어찌하여 안된다 하시옵니까?"

"나는 네가 귀족이 아니라 스님이 될 수 없다는 말이 아니다."

"하, 하오시면……."

"참으로 너는 어떤 어려운 일도 다 참고 견디며 수행을 하겠느냐?"

"예, 죽으라면 죽고, 살라면 살 것이옵니다요, 스님."

"그러면 되었느니라. 진정이 너를 오늘부터 내 제자로 삼을 것이다."

진정의 얼굴이 환해졌다.

"저, 저, 정말이시옵니까 스님?"

"그래, 너는 이제 내 제자이니라."

성골과 진골 출신이 아니면 벼슬도 할 수 없었고 출가 수행자도 될 수 없었던 신라 땅에서 의상대사는 참으로 파격적인 일을 시작했던 분이었으니, 천민 출신인 진정을 제자로 삼은 것이었다.

의상대사는 천민 출신인 진정이의 머리를 손수 깎아주시고, 손수 승복을 내려 입혀 주신 다음 단단히 일렀다.

"이것 보아라, 진정아."

"예, 스님."

"수행자가 되려면 첫째 배불리 먹을 생각을 말아야 할 것이요, 둘째는 따뜻하게 옷을 입을 생각을 말 것이며……."

"예, 스님."

"땀 흘리지 아니하고 편히 지낼 생각을 하지 말아야 할 것이요,

자고 싶을 때 자고, 놀고 싶을 때 놀 생각을 하지 말아야 할 것이다."

"예, 스님."

"더구나 너는 글자도 모르고 배운 것이 없으니 남보다도 두 배, 세 배 더 열심히 배워야 할 것이며, 남보다 두 배, 세 배, 일도 더 많이 해야 할 것이다."

"예, 스님. 명심하겠습니다."

"진정이 너도 알게 될 것이다마는 우리 부석사에서는 누구나 아침에 한 번 죽 한 끼로 하루를 견뎌야 할 것이니 이 점을 각별히 각오해야 할 것이다."

"예, 스님. 각오하겠습니다."

"나무하러 산에 갔을 적에도 배가 고프다 하여 도토리를 먹는 것도 계율에 어긋나는 일이요, 더덕이나 도라지를 캐서 먹는 일도 계율에 어긋나는 일이니 때 아닐 적에는 결코 무슨 음식이든 먹어서는 아니 되느니라. 알겠느냐?"

"예, 스님. 명심하겠습니다."

서라벌에 있던 다른 큰 사찰에서는 왕실과 귀족들의 극진한 보살핌으로 절 살림이 넉넉한 편이었다.

그러나 의상대사가 머물고 있던 부석사는 서라벌로부터 멀리 떨

어진 탓도 있었지만, 근검 절약을 수행자의 근본으로 삼은 의상대사였기에 그야말로 초근목피로 겨우겨우 연명해가는 형편이었다.

견디다 못한 제자 표훈이 하루는 의상대사에게 조심스럽게 말했다.

"스님께 한 말씀 올리고자 하오니 허락하여 주십시오."

"그래, 대체 무슨 말이던고?"

"소승의 집안은 살림이 좀 넉넉한 형편이옵니다."

"그래서, 무엇이 어떻더란 말이냐?"

"소승을 속가에 보내주시오면 속가에 가서 양식을 넉넉히 가져올까 하오니, 허락하여 주십시오."

제자 표훈의 말이 끝나기가 무섭게 의상대사의 주장자가 표훈의 등을 내리쳤다.

"두 번 다시 양식 소리를 꺼내지 말아라!"

"스님, 소승은 견딜만 하옵니다만 다른 도반들이 허기져 죽을 지경이옵니다."

의상대사는 큰 목소리로 제자 표훈을 꾸짖는 것이었다.

"쓸데없는 소리! 출가 수행자는 헐벗고 굶주리고, 가진 것 없는 것을 근본으로 삼아야 할 것이다! 세속을 버리고 삭발 출가하여 고해중생을 제도하겠다는 수행자가 배불리 먹고 따뜻하게 입고 감히 어찌 편히 지내려 하는고!"

추상같은 의상대사의 꾸중에 제자 표훈은 그저 엎드려서 비는 수밖에 없었다.
"잘못되었사옵니다. 용서하여 주십시오."

의상대사가 제자들과 더불어 초근목피로 연명하고 있다는 소문이 왕실에까지 알려지게 되자, 문무왕은 부석사에 신하를 보내 의상대사를 왕궁으로 모셔오게 하였다.
왕명을 차마 거역할 수는 없는 일이라 의상대사는 할 수 없이 왕실로 들어갔다.
"듣자하니 대사께서는 하루에 죽 한 끼만 자시며 고생하신다던데 짐이 대사를 위해 부석사에 전답과 노비를 내릴 것인즉 받아가지고 가시도록 하시오."
"아니옵니다, 대왕마마."
"아니라니요?"
"본래 부처님의 법은 지위의 높고 낮음을 평등하게 보고, 신분의 귀천을 없이하여 한 가지로 봅니다."
"지위의 높고 낮음이 없고 신분의 귀천도 없다?"
"그러하옵니다. 더구나 부처님께서 열반경에 이르시기를 여덟 가지 부정한 재물을 금하라 이르셨으니 감히 어찌 부처님의 유훈을 어기고 논밭을 가지며 노비를 부릴 수 있겠사옵니까?"

"아니, 그러면 부처님께서는 전답도 소유치 말라, 노비도 부리지 말라 그러셨단 말이시오?"

"그렇사옵니다, 대왕마마. 부처님께서는 출가수행자들에게 당부하시기를 웃도 속옷 한 벌, 바지 한 벌, 웃옷 한 벌만 허용하셨고 밥그릇도 한 벌만 지니라 엄히 이르셨습니다."

"아니, 그러면 대체 어떻게 먹지도 입지도 아니하고 살아가신단 말이시오?"

"빈도는 부처님의 진리를 집으로 삼고, 바리때로써 밭갈이를 하며 지혜의 나락이 익기를 기다리며 살아갑니다."

"허허, 아무리 그래도 그렇지요. 제대로 입으시고, 제대로 잡수시며 수행토록 하시오."

"아니옵니다, 대왕마마. 출가 수행자는 무소유를 근본으로 삼고 가난을 자랑으로 여기며 부처님의 지혜와 대자대비를 양식으로 삼아야 할 것이니 결코 전답과 노비는 받을 수가 없사옵니다."

의상대사는 결코 권력에 아부하거나 승려의 신분을 이용해서 호의호식을 누리지 아니했으니 중국에서 찬술된 송고승전에는 이렇게 기록되어 있다.

'해동국 신라 승려 의상은 말과 행동이 똑같은 것을 귀하게 여겨 제자들에게 강술을 하고 부지런히 수행에 힘썼다.
 부처님이 이르신대로 세계와 국토를 장엄하게 하는데 조금도 두려움이 없었고 꺼리는 바가 없었다.
 또한 의상은 항상 온화하면서도 시원한 성품이었으며 옷 한 벌과 물병 하나와 바리때 하나가 전재산이었을 뿐 그 밖에 가진 것은 아무것도 없었다.'

 이처럼 의상대사가 무소유를 근본으로 삼고 강직함을 생명처럼 삼았으므로, 당시의 권력층이었던 왕족과 귀족들에게는 질시의 대상이었다.
 한 왕족이 문무왕에게 아뢰었다.
 "대왕마마께 소신 감히 한 말씀 올리고자 하오니 윤허하여 주십시오."
 "그래, 무슨 말인지 어디 한 번 들어보도록 합시다."
 "대왕마마께서 부석사 승려 의상을 저대로 살려 보내심은 훗날의 화근을 키우심인 줄로 아옵니다."
 "무엇이? 의상대사를 살려 보냄이 훗날의 화근이다?"
 "그러하온 줄로 아옵니다."
 "대체 그게 무슨 소리란 말이던고?"
 "예, 옛부터 대왕마마가 하시는 말씀이나 당부는 하늘의 뜻으로

여겨져 왔었사옵니다."

"그, 그래서?"

"허나 부석사 승려 의상은 당나라 유학을 다녀온 것을 큰 자랑으로 알고 감히 대왕마마께서 내리시는 전답과 노비를 물리쳤을 뿐만 아니오라……."

"계속해 보시오."

"대왕마마의 분부를 안전에서 감히 거절했으니 이는 결코 용서받을 일이 아닌 줄로 아옵니다."

"허면 대체 부석사 승려 의상을 어찌해야 한다는 말이시오?"

"예, 지금이라도 어명을 내려 부석사 승려 의상을 하옥시키심이 옳을 줄로 아옵니다."

"부석사 승려 의상을 하옥시키라?"

"예."

"이것 보시오."

"예, 대왕마마."

"짐의 주변에는 수많은 문무백관들이 즐비하거니와, 모두들 더 높은 벼슬을 차지하려고 갖은 수단을 다 쓰는가 하면 논밭 한 마지기라도 더 차지하고, 노비 한 명이라도 더 얻으려고 갖은 아첨을 다 떨고 있소."

"하, 하오나……."

예상치 않았던 문무왕의 말에 의상대사를 하옥시키라던 왕족은 할 말을 잃고 어쩔 줄을 몰라 하는 것이었다.
"이것 보시오. 모든 문무백관들이 더 가지려고, 더 차지하려고 발버둥 칠 적에, 부석사 승려 의상은 서라벌의 큰 절 황룡사도 마다하고 저 심산유곡 태백산 속에 스스로 부석사를 짓고 호의호식을 스스로 멀리 하며 오직 불법 홍포와 도제 양성에 전념하겠다 하였거늘 그런 큰 스님을 감히 어찌 벌주라 한단 말이오?"
"하오나, 대왕마마……."
"듣기 싫소! 달콤한 말은 독약이요, 쓰디쓴 말은 양약이라 하였거니와 그대의 관직을 오늘로 당장 파할 것이니 그리 알고 어서 그만 물러가시오!"

의상대사는 태백산 부석사에 머물면서 제자들에게 부처님의 화엄도리를 가르치고 있었다.
그러던 어느날 이 부석사에 색다른 젊은이가 찾아들었다.
"대사님께 소승 문안드리옵니다."
"그대는 대체 어디서 오시는 길이시던가?"
"예, 영취산에서 오는 길이옵니다."
"헌데 무슨 일로 이 산속에를 찾아 오셨는고?"
"예, 대사님의 문하에서 도를 닦고자 찾아 뵈었습니다."

"허면 그대의 스님은 대체 누구이셨던가?"

"예, 대사님께서도 아실지 모르겠습니다만 낭자, 지자, 낭지법사님을 모시고 공부하다 왔습니다."

"무잇이? 낭자, 지자, 닝지법사님?"

젊은 승려로부디 닝지법사라는 말을 들은 의상대사는 깜짝 놀라는 것이었다.

"대사님께서도 낭지법사님을 알고 계셨는지요?"

"아다마다, 내가 젊었을 적에 원효스님과 함께 낭지법사님 뫼시고 법화경 공부를 했었네."

"아, 예. 그런 깊은 인연이 있으셨습니까?"

의상대사는 고개를 끄덕인 후, 젊은 승려에게 물었다.

"그러면 이 사람아, 그 법사님 문하에서 더 공부할 것이지 어쩌자고 영취산을 떠났단 말이신가?"

"낭지법사님께서 열반에 드셨습니다."

"법사님께서 열반에……?"

"예."

"나무아미타불 관세음보살, 나무아니타불 관세음보살……."

"낭지법사님께서 열반에 드시기 전에 소승을 불러 앉히시고 태백산 부석사 의상대사를 찾아가라고 이르셨사옵니다."

"법사님께서 나를 찾아가라 이르셨다구?"

"예. 대사님께 소승 감히 부탁의 말씀이 있사옵니다. 다름이 아니오라 소승을 제자로 삼아주시되 승적에는 올리지 말아 주십시오."

승적에는 올리지 말아 달라는 말에 의상대사가 의아해서 물었다.

"무엇이라구? 제자로는 삼아주되 승적에는 올리지 말라?"

"그러하옵니다."

"그건 대체 무슨 소리란 말인가?"

"예, 소인은 본디 이량공이라는 귀족 집안의 종놈 신분이었사옵니다."

"노비였단 말이신가?"

"그렇사옵니다. 종놈이 감히 어찌 스님 대접을 받을 수가 있겠습니까? 그래서 승적에 올리는 것은 감히 꿈도 꾸지 아니합니다."

의상대사는 노비 출신이라고 진작에 솔직히 털어놓는 이 색다른 젊은이를 이윽히 바라보고 계셨다.

"그래 그대의 이름은 무엇이던고?"

"예, 종놈 시절의 이름은 쇠똥이었습니다마는 낭지법사님께서 지통이라 불러주셨습니다."

"지통이라?"

"그렇사옵니다. 지혜 지(智)자, 통할 통(通)자, 지혜에 달통하라

는 법사님의 분부이셨습니다."

"허면 대체 어쩐 까닭으로 주인댁에서 나오게 되었는고?"

"종살이가 지긋지긋해서 도망쳐 나왔습지요."

"허허허허―. 종살이가 지긋지긋하더라?"

의상대사가 시통이라는 승려를 쳐다보며 웃었나.

"예."

"지긋지긋하기는 공부하는 것도 마찬가지요, 지긋지긋하기는 먹고 자고 하는 것도 매 한 가지라네."

"어찌하시겠는지요, 대사님. 이 종놈 신분을 문하에 거두어 주시겠습니까요, 아니면 이 길로 물리치시겠습니까요?"

그러나 의상대사는 바로 답하지 않고 지통이라는 승려에게 불쑥 물었다.

"우리 불가의 법도는 대체 무엇이던가?"

"무슨…… 말씀이신지요?"

"오는 사람 막지 아니하고, 가는 사람 붙들지 아니 하니, 이 부석사에 있고 아니 있고는 그대 마음에 달렸네."

"고맙습니다, 대사님. 하오나 대사님 문하에 있기가 지긋지긋해지면 그땐 또 도망질을 칠 것이오니 그리 아십시오."

"허허허허―. 가거나 있거나 마음대로 하시게."

삼국유사의 기록에 의하면 의상대사의 문하에는 십 대 성인의 경지에 이른 뛰어난 수제자가 있었고 그 밖에도 삼천 명의 제자가 더 있었다고 되어 있으나 아무튼 이때 의상대사는 천민 출신인 진정을 제자로 받아주었고, 그 다음에는 노비 출신 지통까지 제자로 삼아 훗날 화엄학의 대가로 키워냈으니, 의상대사의 사람 보는 안목이 어느 정도였는지 쉽게 짐작할 수 있겠다.

# *15*
이제 그만 굴레에서 벗어나거라

의상대사가 부석사에 있을 때의 일이다.
하루는 의상대사가 제자 지통을 불렀다.
"이것 보아라, 지통이 거기 있느냐?"
"예, 부르셨사옵니까?"
"그래, 요사이 진정이 얼굴이 통 보이질 아니하니 어찌된 일이던고?"
"예, 저 사실은 진정 수좌가 닷새 전에 탁발을 나간 뒤로 돌아오지를 않고 있사옵니다."
"닷새나 되었더란 말이더냐?"
"그러하옵니다."
의상대사는 고개를 설레설레 저었다.
"전에는 하루 이틀 늦는 일은 있었어도 닷새나 걸리기는 처음이구나."

"……말씀드리기 죄송하옵니다마는 아무래도 진정 수좌가……."

"무슨 변고라도 있단 말이더냐?"

"헐벗고 굶주리는 중 노릇 그만 때려치우고 달아난 것이 아닌가 하옵니다요."

"모르는 소리!"

"그렇지 아니하고서야 닷새가 지나도록 돌아오지 아니할 까닭이 없질 않겠습니까, 스님?"

"그 아이는 그렇게 쉽사리 절을 버릴 그런 아이가 아니다."

"하오시면 어디 짚히시는 일이라도 따로 있으시옵니까요?"

"탁발을 나간 김에 아마도 속가 노모님을 찾아 뵈었을 것이다."

"아니, 그러면 진정 수좌가 속가에서 닷새씩이나 머물고 있을 것이라는 말씀이시옵니까요?"

"제 아무리 삭발 출가할 적에는 세속과의 인연을 끊는다고 하지만, 인연이라는 게 그리 쉽게 끊기는 게 아니니라."

"그래도 출가 대장부라면 단연코 세속의 인연은 끊어버려야지요."

"지통이 너는 그러면 속가에 한 번도 미련이 없었더냐?"

"그, 글쎄요……. 사실은 어머님과 여동생이 보고 싶을 때가 더러 있긴 있었습니다마는……."

"그것 보아라. 세속의 인연이라는 게 그렇게 질기고 질긴 것이니라. 그러나 저러나 진정이 이 아이한테 다른 변고는 없어야 할 터인데……"

"너무 심려 마십시오. 사나흘 더 기다려 봐서 놀아오지 아니하면 날아난 거지요, 뭐."

그런데 그로부터 또 사흘이 지난뒤 진정 수좌가 수척해진 얼굴로 부석사에 돌아왔다.

의상대사 앞에 꿇어앉은 진정 수좌는 다짜고짜 얼굴이 땅에 닿도록 비는 것이었다.

"큰 죄를 지었사오니 용서하여 주십시오."

"그래, 속가 노모님께 무슨 변고가 있었으렷다?"

"……예."

"병환이 지중하시더냐?"

"……돌아가셨사옵니다, 스님."

"……그래……. 임종은 지켜드렸느냐?"

"……예."

"효도를 했느니라."

"아, 아니옵니다. 아무런 기별도 하지 아니한 채 사중에 걱정을 끼쳐 드렸으니 큰죄를 지었사옵니다."

"아니다……. 아무리 세속의 인연을 끊고 출가했다고 하더라도 감히 어찌 제몸을 낳아주고 길러주신 부모를 모른다 할 것이란 말이냐. 그래, 장례는 제대로 모셔드렸느냐?"

"……예."

"내 오늘부터 이레동안 선정에 들어 진정이 네 어머님의 영가를 위해 기도드릴 것이니라."

"아, 아니옵니다. 스님, 소승의 어머니는 감히 그런 복을 짓지 못하셨습니다."

"너를 출가시켰으니 큰 복을 지으신 게야. 네 어머님께서 극락왕생하시도록 내가 이레동안 기도드릴 것이니라."

"……스, 스님……."

진정 수좌는 목이 메어 아무 말도 못했다.

당시 신라의 불교는 왕실 불교, 귀족 불교라서 왕이 세상을 뜨거나 벼슬 높은 왕족이나 귀족이 세상을 떠나면 영가천도를 위해 큰 법회를 열고 의식을 올려주었으나 이름도 없는 천민이 죽으면 어느 스님 한 분도 천도 의식을 올려주는 일이 별로 없었다.

이러한 때에 의상대사는 초라하기 짝이 없는 천민 출신 제자의 어머니를 위해서 이레동안 선정에 드셔서 영가천도를 해주셨으니 참으로 의상대사는 자비보살의 화신이었다.

의상대사는 이레동안의 기도를 마치신 뒤에 제자들을 한 자리에

불러 앉혔다.

"부처님께서 말씀하셨다.

'제행무상이요, 제법무아이니 그 어느 것에도 집착하지 말지어다.'

그대들은 과연 누가 이르겠는가?

제행무상, 인생무상은 대체 무엇을 이름이던고?"

제자 진정이 대답했다.

"예. 모든 것은 덧없고 허망하다는 말씀인 줄로 아옵니다."

"그래, 모든 것은 덧없고 허망하니라. 산도 바위도 나무도 풀도 심지어는 사람의 몸도 마음도 항상 그대로 있는 것은 아무것도 없나니, 인연에 의해 생겨나고 머물다가 결국은 변하고 부서져서 없어지는 것……

천 년 만 년 그대로 서 있는 나무가 없고, 천 년 만 년 피어 있는 꽃이 없으며, 천 년 만 년 그대로 살아있는 사람이 없고, 천 년 만 년 누리는 부귀영화가 없으니 모든 것은 언젠가는 반드시 변하고 부서지고 없어지는 법……

왕후장상도 영웅호걸도 이 무상법은 감히 어느 누구도 뛰어넘는 자가 없으니 그래서 말씀하셨다.

그 어느 것에도 집착하지 말지어다.

그대들은 잘 들으라.

화엄경에 이렇게 말씀하셨느니라.
부처님의 올바른 법이 이렇게 깊고 오묘하고 이렇게 크고 넓어 한량이 없는데 어리석은 범부들은 마음이 나쁜 소견에 떨어져 어둡고, 어리석음이 지혜를 가리웠으므로 교만은 짐대같고 애정은 그물과 같고 항상 아끼고 미워하는 생각으로 삼계에 태어날 구실이 되고 탐욕과 노여움과 어리석음으로 업을 지으며, 원한의 바람이 죄업의 불길을 불러 일으켜 아득한 무명 번뇌만 늘어가니 먼저 이렇게 고통받는 중생을 제도하여 부처님 법의 즐거움을 얻게 해야 할 것이다.
지통은 게송으로 답을 해 보아라."
"예.
어떤 사람 착한 일
닦아 모아서
깨끗한 마음으로
부처님 섬겨
청정한 믿는 힘과
자비심으로
한량없는 부처님들
지혜 얻으리.
자비한 마음에

지혜가 으뜸되어
방편과 수단으로
행을 닦으면
곧고 싶은 마음
한결같아서
그로부터 생기는 힘
한량없으리."

"지통은 참으로 잘 외웠구나.
 내 이제 그대들을 이끌고 소백산 추동으로 거처를 옮길 것인즉, 그리들 알아라."
 진정 수좌가 물었다.
 "어찌하여 이 부석사를 떠나신다 하시는지요?"
 "내 앞으로 90일간 소백산 추동으로 들어가서 화엄경을 강설할 것인즉, 이는 그대들의 눈을 밝혀주자는 뜻이요, 진정 수좌의 어머님의 영가가 화엄법문을 듣고 성불하기를 기원하고자 함이니라."

 천민 출신 제자의 어머니 영가를 위해 소백산 추동에 들어간 의상대사는 바로 그 산속에 비로사를 짓고 90일에 걸쳐 화엄경을 강설했으니 이때 스님의 제자 지통이 스님의 강설 내용을 그대로 적어 〈추동기〉라는 책으로 후세에 전하였다.
하루는 진정 수좌가 의상대사를 찾았다.
"스님, 드릴 말씀이 있사옵니다."
"무슨 말이던고?"
"보잘것 없는 소승의 속가 어머님 영가를 위해서 화엄법문까지 강설하여 주시니 소승 참으로 몸 둘 바를 모르겠사옵니다."
"이 세상에는 보잘것 있는 사람이 따로 있고, 보잘것 없는 사람이 따로 있는 게 아니다.
무거운 짐을 싣고 먼길을 가는 데는 당나귀가 제일이요, 집을 지키는 데는 강아지가 제일이요, 밭갈이를 하고 논갈이를 하는 데는 소가 제일이듯이 사람도 생각을 먹기에 따라서는 쓰임새가 있고 소용되는 데가 있는 법이니라.
너는 어찌 아직도 그 이치를 모르고 천민 출신이라는 굴레에서 벗어나지 못하느냐?"
"죄송하옵니다, 스님. 소승 아직 어리석은 중생이라······."
의상대사는 진정 수좌의 등을 죽비로 '딱' 하고 내리쳤다.
"이것 보아라, 진정아!"
"예, 스님."
"귀족 출신 아들에게는 코가 둘이고, 진정이 너에게는 코가 하나밖에 없느냐?"

"그, 그건 아니옵니다만……."

"허면 귀족 출신에게는 눈이 넷이고 진정이 너에게는 눈이 둘이더냐?"

"아, 아니옵니다."

"바로 보아라! 하늘은 높고 끝없이 푸르니라."

"예, 스님. 명심하겠습니다."

때는 지금과 달라 귀족과 천민의 경계가 뚜렷했던 시대였으니 진정의 그런 생각도 무리는 아니었다. 그러나 세상 모든 만물은 평등하다는 부처님의 말씀을 아직도 믿지 못하는 천민출신 제자 진정이가 의상대사는 못내 가엾고 안쓰러웠다.

16
모두 다 으뜸이니라

의상대사가 다시 부석사로 돌아와 제자들을 지도하고 계실 때의 일이었다.

하루는 삿갓을 푹 눌러쓴 웬 중년 승려가 부석사를 찾아들었다.

제자 지통이 의상스님에게 알렸다.

"스님, 스님, 스님—."

"그래, 무슨 일이더냐?"

"예, 저 웬 스님 한 분이 찾아와서 스님을 꼭 좀 만나야겠다고 그럽니다요."

"오는 사람 막지 아니하고, 가는 사람 붙잡지 말라고 그랬으니, 어서 이리로 모시도록 해라."

"예."

이윽고 제자 지통이 삿갓을 눌러쓴 중년 승려를 의상대사 앞으

로 모시고 왔다.

"객승 문안드립니다."

"먼 길 오시느라고 고생이 많으셨겠소이다. 어서 오십시오."

"생도 고요, 사도 고요, 세상만사가 다 고통이거늘 먼 길을 왔다고 해서 특별히 고생했다고야 말할 수 있겠소이까?"

"듣고 보니 과연 옳으신 말씀이십니다. 헌데 스님께서는 대체 어디서 오시는 길이신지요?"

"내가 그것을 알면 무엇하러 이렇게 돌아다니겠습니까?"

그 승려는 의상대사가 묻는 말마다 퉁명스럽게 대답하는 것이 무엇 때문인지는 모르겠으나 의상대사에게 뭔가 단단히 화가 난 듯 했다.

"허허허, 오신 곳을 모르신다는 말씀이시군요?"

"온 곳만 모르는 것이 아니라 갈 곳도 모르오."

"허허허, 목이 마르실테니 저 샘물에 가서 물이나 한 바가지 떠 마시고 오도록 하십시오."

"허허허, 이 스님 정말 듣던 그대로일세."

"무슨...... 말씀이신지요?"

"듣자하니 스님께서는 당나라 종남산 지상사에 가서 화엄학을 공부하고 돌아왔다 하여 우리 신라 승려 알기를 아주 가볍게 여긴다고 그러더니 과연 그렇단 말입니다."

"원 그 무슨 말씀을 그렇게 하십니까? 소승은 결코 어느 누구도 하시하거나 차별하는 일이 없사옵니다."

"그러면 어쩐 연유로 냉수부터 마시고 오라고 그러셨단 말이시오, 그래?"

"같은 말을 같은 귀로 들어도 마음이 제대로 알아듣지 못하면 극락과 지옥이 갈라집니다."

"그러면 내가 이 두 귀로 듣긴 들었으되 내 마음이 제대로 알아 듣지 못했다 그런 말씀이시오?"

"소승은 그저 먼 길 오시느라 목이 마르실테니 목부터 축이시라 하였을 뿐, 거기에 무슨 다른 뜻이 담겨 있겠습니까?"

"좋습니다. 그럼 내가 스님께 한 가지 여쭤볼 것이오."

"예, 말씀하시지요."

"나로 말씀을 드릴 것 같으면 장장 십 년 세월 법화경만을 공부해왔소이다."

"아, 예."

"나무묘법연화경, 다시 말해 법화경이 부처님 경전 가운데서는 가장 으뜸이다 이렇게 들었기에 그래서 법화경만을 공부했다 아 말입니다."

"아, 예."

"헌데 듣자하니 스님께서는 중국에서 돌아오자마자 제자들을 긁

어 모아서 화엄경을 공부해라 이러셨다던데 그 말이 과연 사실입니까요?"

"허허허…… 수문을 들으셔도 좀 잘못 들으셨소이다."

"아니, 그럼 그런 말을 하신 적이 없으시다는 겁니까요?"

"소승 분명히 신라로 돌아온 후, 제자들에게 화엄경을 가르친 것은 어김없는 사실입니다."

"그것 보시오."

"허나 소승은 결코 부처님 경전 가운데서 화엄경이 제일이다, 하는 그런 망언을 한 일이 없습니다."

"이것 보십시오, 스님. 우리 이야기를 아주 분명히 하십시다요."

"그건 또 무슨 말씀이신지요?"

"그동안 법화경이 제일이다 해서 법화경만 공부하고 법화경만 독송해온 승려가 수 백, 수 천이다 그런 말씀입니다요."

"아니, 그래서요?"

"스님께서 만일 '화엄경이 제일이지 법화경이 제일이 아니다.' 이런 말을 하셨을 적에는 우리가 가만히 있을 수 없다 이런 말이지요."

"허허허…… 법화경을 십수 년간 독송하셨으면 우선 마음부터 진정하십시오."

"내 미리 말씀을 해두겠는데요, 법화경을 독송하는 승려 삼백 명이 바로 이 절 턱밑에 와 있습니다."

"무슨 까닭으로 말씀이십니까?"

"화엄경이 제일이라고 하면 가만 두지 않을 것이란 말입니다."

이 당시만 해도 부처님의 경전이 고루고루 다 전해지지 아니했던 때라 신라 땅에서 화엄종을 새로 펴는 일에는 시비도 있고 곡절도 있기 마련이었다.

의상대사는 잠시 뻐꾸기가 우는 먼 산을 바라보았다.

의상대사가 아무런 말이 없자, 승려가 다시 입을 열었다.

"이것 보십시오, 스님."

"예, 말씀하시지요."

"내가 묻는 말에 답을 주셔야지 어쩌자고 뻐꾸기 소리만 듣고 계십니까?"

"대체 무엇을 물으셨는지, 소승은 잘 모르겠습니다만……."

"이것 보십시오, 스님. 그동안 수십 년 법화경만 독송해온 승려가 눈이 시퍼렇게 수 백 수 천이 살아 있는데 화엄경만 제일이라 하고 법화경을 배척한다면 그게 대체 말이나 되는 겁니까?"

"소승의 말씀을 들어주시지요."

"어서 하시기나 하십시오."

승려가 다시 퉁명스레 대답했다.

"소승 스무 살을 갓넘었을 적에 원효대사를 사형으로 삼고 영취

산에서 낭지법사 문하에서 법화경을 배웠습니다."

"아니, 그럼 법화경을 배웠으면서도 화엄경이 제일이다, 그러시는 겁니까?"

"법화경 뿐만이 아니지요. 소승은 낭지법사님 분하에서 법화경을 배운 뒤에 낭지법사님의 분부에 따라 백제 땅 고대산으로 들어가 보덕화상 문하에서 열반경도 공부하고 유마경도 배웠습니다."

"그, 그래서요?"

"부처님의 경전은 법화경, 열반경, 화엄경 뿐만이 아니오라 일일이 헤아릴 수 없을만큼 많고 많습니다. 오죽하면 부처님 경전을 팔만사천 경전이라고 하겠습니까?"

"그, 그래서요?"

"그토록 많고 많으신 부처님 경전은 어느 것 하나도 앞서고 뒤서는 일이 있을 수가 없습니다. 무겁고 가벼운 차이도 있을 수가 없구요."

"그건 대체 무슨 말씀입니까?"

"그러면 소승이 한 가지 묻겠습니다."

"나한테 오히려 묻겠다구요?"

"예."

"무슨 말인지 어디 한 번 물어보시오."

"부처님의 가르치심은 응병여약이라, 병에 따라 약을 주시듯 하셨습니다. 또 대기설법이라고도 하는데 사람에 따라 그 사람이 알 아듣게 가르치심을 베풀었습니다."

"그, 그야 나도 알고 있소이다!"

"배가 고파 허기진 사람이 부처님께 찾아와서 살려주십사 애원을 했을 적에 과연 부처님께서는 밥을 주셨겠습니까, 물을 주셨겠습니까?"

"그, 그거야 물론 밥을 주셨겠습지요."

"허면 밥은 조금 전에 먹었으나 목이 말라 죽어가는 사람에게는 옷을 주셨을까요?"

"허허, 나 원 참, 그거야 물으나 마나 물을 주셨겠지요."

"바로 그렇습니다. 우리 부처님께서는 밥이 소용되는 중생에게는 밥으로써 제도하셨고, 목이 마른 중생에게는 물로써 제도하셨으며, 옷이 소용되는 중생에게는 옷을 주어 제도하셨습니다."

"그, 그래서요?"

"밥을 나누어 주시고, 물을 먹여 주시고 옷을 입혀 주시듯이 부처님께서는 어느 때는 법화경을 말씀하셨고, 또 어떤 때는 화엄경을 말씀하셨고, 또 어떤 때는 금강경, 또 어떤 때는 아함경을 말씀하셨습니다."

"그, 그렇다면 부처님 경전은 모두 다 똑같다 그런 말이십니까?"

"아, 아닙니다. 부처님 경전이 다 똑같다는 말씀이 아니오라 배

고픈 사람에게는 밥이 제일이요, 목타는 사람에게는 물이 제일이 듯이 중생들의 근기에 따라 법화경도 으뜸이요, 화엄경도 으뜸이요, 금강경, 아함경, 열반경이 모두 다 으뜸이라는 말씀입니다."

"듣고…… 보니 옳은 말씀같기는 한데, 아무튼 법화경도 으뜸은 으뜸이다 그런 말씀이지요?"

"그야 여부가 있겠습니까?

우리 신라 서울 서라벌 장안에 들어가자면 남문도 있고 동문, 서문, 북문도 있듯이 부처님의 가르침에 들어가는 문은 수없이 많습니다.

헌데 어리석은 사람들은 반드시 동문으로만 들어가야 한다고 우기고, 또 어떤 사람은 서문으로만 들어가야 한다고 우기고 있습지요."

객승은 겸연쩍은 표정으로 얼굴이 붉어졌다.

"아, 알겠습니다. 이거 소승이 대사님의 소문을 잘못 줏어 듣고 와서 큰 죄를 지었습니다요. 용서하십시오."

"아, 아닙니다. 옛날 조사님께서는 수행자들에게 이렇게 당부하신 일이 있습니다.

'그대들은 듣거라! 부처님의 경전 가운데서 이 경이 제일이다, 저 경이 제일이다 서로들 우기는 것은 부처님의 열 손가락을 놓고 이 손가락이 제일이다, 저 손가락이 제일이다 하고 다투는 것과 같다.' 이렇게 말입니다."
"용서하십시오, 대사님. 참회드리옵니다."

의상대사가 법화경을 강설하지 아니하고 화엄경만 강설한다고 해서 트집을 잡으러 왔던 그 스님은 의상대사의 자상한 설법에 눈이 열려 백 배 사죄하고 부석사를 떠났다.

의상대사가 이렇듯 부석사에서 가부좌를 틀고 앉아 선정삼매에 들어있던 어느날이었다.

법당쪽에서 시끌벅적한 소리가 들려오는 것이었다.

의상대사는 난데없는 소란에 이상한 생각이 들었다.

"이것 보아라, 거기 누구 없느냐?"

"예, 스님. 소승 여기 있사옵니다."

한 제자가 뛰어왔다.

"조금 전에 내가 들으니 법당쪽이 소란했느니라."

"아, 예. 그럴 일이 좀 있었사옵니다."

"대체 무슨 일로 소란했는고?"

"아, 아니옵니다. 하찮은 일인줄로 아옵니다."

"하찮은 일로 법당이 소란스러웠더란 말이더냐?"

"예. 저, 사실은 거렁뱅이 때문에……."

"거렁뱅이라니?"

"예. 법당에 마지를 올려놓고 나면 이상스럽게도 마지 그릇의 공양이 번번이 없어지는 것이었사옵니다."

"마지 그릇에 담긴 공양이 없어졌더라?"

"예. 그래서 처음에는 부처님께서 정말로 잡수셨나 하고 이상스럽게 여겼습지요."

"그랬더니?"

"그 다음에는 부처님께 공양올린 과일도 없어지는 것이었습니다."

"과일까지 없어졌더라?"

"예, 그래서 하도 이상하다 싶어 어제부터는 숨어서 지키도록 했습니다요."

"과연 부처님이 자시는지 지켜 보았더란 말이냐?"

"예, 그랬더니 글쎄 웬 거렁뱅이가 법당 뒤 숲속에 숨어 있다가 훔쳐가더라지 뭐겠습니까요?"

"그래서 그 걸인은 어찌 했는고?"

"젊은 수좌들이 덤벼들어 그 거렁뱅이를 붙잡아다가 호되게 매를 때려 쫓아냈사옵니다."

"걸인을 두들겨 패서 몰아냈단 말이더냐?"

"예, 그러느라고 다소 소란스러웠사옵니다."

"이것 보아라."

"예, 스님."

"그 걸인을 두들겨 팬 수좌들을 이리 모조리 다 불러오너라!"

"예에?"

제자는 스승의 하명에 어리둥절, 그냥 그 자리에 서서 눈만 깜박이는 것이었다.

그러자 의상대사가 다시 호통을 쳤다.

"어서 가서 불러오지 아니하고 무엇을 꾸물대는고?"

"아, 예. …… 분부대로 거행하겠사옵니다."

이윽고 법당에 올린 공양과 과일을 훔쳐먹은 걸인에게 매질을 가했던 수좌 대여섯이 의상대사 앞에 불려오게 되었다.

"너희들 가운데 대체 누가 수장이던고?"

"예, 소승 오진이 나이가 가장 많은 줄로 아옵니다."

"오진이 너, 이리 가까이 나오너라."

"예."

오진 수좌가 머뭇거리며 의상대사 앞으로 나오자, 의상대사가 엄하게 물었다.

"너 이 녀석! 너는 분명히 걸인에게 손찌검을 했으렷다?"

"……예."

오진 수좌가 기어들어가는 목소리로 대답을 하자, 의상대사가 주장자로 오진 수좌의 등을 내리쳤다.

"너는 대체 어쩐 연유로 매를 맞는지 그 까닭을 알겠느냐?"
"······예."
"무슨 끼닭인고?"
"예, 출가 수행자가 감히 매질을 했으니 그래서······."
수진 수좌의 등에 다시 주장자가 내리쳐졌다.
"너는 대체 누구에게 매질을 했는고?"
"예, 법당에 올린 시주물을 훔쳐가던 거렁뱅이를······."
다시 의상대사가 주장자를 들었다.
"이 녀석아, 너는 아직도 말귀를 알아듣지 못하는구나!"
의상대사는 주위를 둘러보았다.
"너희들은 다들 듣거라!"
"예."
"부처님은 일찍이 우리 수행자들에게 이 세상 모든 것을 다 부처로 보고 부처로 모실 것이며 부처로 공경하라 이르셨다. 알고 있느냐?"
"예."
"나무 한 그루, 풀 한 포기, 벌레 한 마리까지도 부처님으로 알고 존경하라 이르셨거늘, 너희들은 오늘 배고픈 부처님을 매질해서 내쫓았느니라. 내 말 알아들었느냐?"
"예."

"오진이 너는 오늘부터 석 달동안 말 한 마디 하지 말고 묵언을 해야 할 것이요, 나머지 너희들은 오늘부터 한 달 동안 역시 묵언을 해야 할 것이다. 알아 들었느냐?"

"예."

의상대사가 다시 일렀다.

"매를 맞고 쫓겨났으면 아직 그 걸인이 멀리는 가지 못했을 것이니 어서 가서 모시고 와야 할 것이야!"

의상대사는 제자들을 시켜 매맞고 쫓겨난 걸인을 기어이 찾아오게 하였다.

"그래, 바로 네가 법당 뒤에 숨어 있다가 공양도 먹고 과일도 먹었느냐?"

"……예, 스님. 죽을 죄를 지었으니 한 번만 살려 주십시오."

걸인은 엎드려서 싹싹 빌었다.

"그래, 부처님이 잡수신 밥맛이 어떠 하더냐?"

"……예에?"

날벼락이 떨어질 줄 알았던 걸인은 의상대사가 밥맛이 어떠했냐고 묻자 어안이 벙벙해서 멍하니 의상대사만 쳐다보는 것이었다.

"밥맛이 어떠 하더냐고 묻질 않았느냐?"

"아, 예. 며칠을 굶은 판이라 꾸, 꾸, 꿀맛이었습지요, 예."

"허허허, 허면 과일 맛은 또 어떠하던고?"

"과, 과, 과일맛이요? 과, 과일이야 새, 생전 처음 먹어보는 것이라 무슨 맛인지도 모르고 먹었습니다요."

걸인을 물끄러미 쳐다보던 의상대사가 물었다.

"올해 나이는 몇 살이던고?"

"아이구, 저같은 떠돌이 거렁뱅이에게 삼히 무슨 나이가 있겠사옵니까요? 그저 스무 살은 넘었을 거구먼요."

"태생은 대체 어디관데 떠돌아 다니게 되었더란 말이냐?"

"예, 지가 일곱 살 적에 아버지는 싸움터에 나가 돌아가셨구요, 우리 어머니는 축성하는 데에 운력 나갔다가 돌에 깔려 돌아가셨습지요."

"원, 저런……. 허면 그때부터 줄곧 얻어먹으면서 떠돌아 다녔더란 말이더냐?"

"아, 아니옵니다요, 스님. 풀무간 할아버지가 불쌍하다고 데려다가 풀무질을 가르쳐주셨는데요……."

"아니, 인석아! 그러면 그 풀무간에서 일이나 부지런히 익힐 것이지 어쩌자고 걸인으로 나섰더란 말이냐?"

"아, 지야 그 풀무간 할아버지하고 살고 싶었습지요."

"허면 무슨 까닭으로 나왔더란 말이냐?"

"나이가 차니까 말씀입니다요, 싸움터에 잡아갈 거라고 그러지 뭐겠습니까요."

"그래서 싸움터에 끌려가지 아니하려고 걸인으로 나섰더란 말이냐?"

"그 풀무간 할아버지가 그러셨습지요. 풀무간에 더 있다가는 싸움터 아니면 축성 쌓는데 끌려가기 십상이니 어서 도망치라구요."

"으음……. 그래서 걸인으로 나서게 되었다?"

"예. 관아 사람들한테 들키면 싸움터 아니면 운력에 끌려가는 판이라 식은 밥도 제대로 못 얻어 먹었습니다요."

"허면 너 말이다……."

"예, 스님. 다시는 도적질 아니할 것이니 제발 한 번만 살려 주십시오."

"그래…… 헌데 말이다……."

"예, 스님."

"너 이 절에서 살고 싶은 생각은 없느냐?"

"예에? 지같은 거렁뱅이가 하늘같이 높으신 스님들하고 어찌 삽니까요?"

"내가 허락을 해 주면 살겠다는 말이냐?"

"아이구, 스님. 그렇게만 해주신다면요 지는 마 죽으라 하면 죽고, 기라 하면 기고 뛰라고 하면 뛰겠습니다요."

의상대사는 곧바로 제자 지통을 불렀다.

"부르셨사옵니까, 스님?"

"그래, 그동안 떠돌아 다니던 저 아이 머리를 깎아줄 것이니 그리 알고 준비를 하도록 해라."

제자 지통의 눈이 휘둥그레졌다.

"예에? 아니 스님, 거렁뱅이에다가 부처님 공양까지 훔쳐먹은 아이를……"

"너는 어찌 아직도 모르고 있느냐? 부처님 제자는 따로 씨앗이 있는 것이 아니니라."

"하오나, 스님—."

"지통이 너도 귀족집의 노비였고, 진정이는 천민 자식이었다. 그래도 오늘 너희들이 여법한 출가 수행자가 되었거늘, 어찌 저 아이라고 되지 말라는 법이 있겠느냐?"

스님의 자비로운 말씀에 지통도 더이상은 할말을 찾지 못했다.

"스님의 자비로우심에는 더 이상 드릴 말씀이 없사옵니다."

"헌 승복이라도 한 벌 여벌이 있거든 깨끗이 빨아두고, 삭도를 준비하도록 해라."

"예, 스님. 분부대로 하겠사옵니다."

이렇게 해서 의상대사는 시주물을 훔쳐먹은 걸인 출신까지도 거두어 삭발출가시켜 부석사에 머물게 해주었다.

17
상소문을 올리다

바람이 몹시도 불던 초겨울의 일이었다.
제자 지통이 달려와서 의상대사에게 알렸다.
"스님, 스님, 참으로 이상스런 일이 일어나고 있사옵니다요."
"아니, 무슨…… 이상스런 일이 일어났다는 게냐?"
"글쎄 말씀이옵니다요 스님, 오늘 아침부터 지금까지 삭발 출가하겠다고 찾아온 젊은이들이 스무 명도 넘습니다요."
"무엇이? 삭발 출가하겠다고 찾아온 젊은이가 스무 명이 넘는다?"
"어제도 십여 명이 찾아오더니 오늘은 스무 명도 더 넘습니다요."
"허허, 이런 변이 있는가! 이것 보아라."
"예, 스님."

"젊은이들이 떼지어 삭발 출가하겠다고 찾아오는 데는 필시 무슨 곡절이 있을 것이다. 네가 마을로 내려가서 소상하게 알아보고 오너라!"

의상대사가 머물고 계시던 부석사에는 평상시에도 삭발 출가하려고 찾아오는 젊은이들이 많았다.

그러나 근래에 와서는 하루에 이십여 명 씩이나 되는 젊은이들이 줄을 지어 찾아오는 것이었으니 참으로 이상스런 일이었다.

그래서 여기에는 반드시 그럴만한 까닭이 있을 것이라 여긴 의상대사는 제자를 시켜 그 연유를 알아보게 하였다.

마을로 내려갔던 제자 지통이 돌아와 스님에게 서둘러 고하였다.

"스님, 소승 다녀왔사옵니다."

"그래, 세상사는 어찌 돌아가고 있더냐?"

"예, 백성들의 가슴 속에 나라를 원망하는 마음이 가득 차 있었습니다."

"그것은 또 무슨 소리던고?"

"예, 그동안 백성들은 백제, 고구려와의 수십 년 싸움에 지칠대로 지친 데다가 통일 후에는 또 당나라 군사들과 싸우느라 죽을 힘을 다 했는데, 막상 당나라 군사들을 내쫓고 나니 이 번에는 또 과중한 운력으로 괴롭힌다고 하옵니다."

"과중한 운력으로 백성들을 괴롭힌다구?"

"그렇사옵니다."

"그래ㅡ. 그동안 왕실에서는 여러 곳에 성을 쌓았다고 들었다마는 대체 어디 어디에 성을 쌓았다고 그러더냐?"

"예, 소승이 알아본 바에 의할 것 같으면 서형산성을 쌓으신 데 이어 사열산성을 쌓으셨고, 국원성, 북형산성, 소모성, 이산성, 주양성, 주잠성, 만흥사산성, 골쟁현성 등을 이미 축성하였고 안북방면에도 관성을 축조하고 철관성을 쌓으셨다 하옵니다."

"허허, 아니 그 사이에 성곽을 그렇게나 많이 축조했더란 말이더냐?"

"성곽뿐만이 아니옵니다. 작년에는 서라벌 궁궐을 장려하게 새로 증수하고 남산성도 증축 하였다 하옵니다."

"허허, 저런! 백성들이 싸움터에서 헤어나온 지 얼마나 되었다고 과중한 운력을 또 시켰더란 말인고!"

"그러니 싸움터에 끌려가기 지치고, 성 쌓는데 운력 나가기 진절머리가 난 백성들이 너도 나도 머리 깎고 승려가 되겠다고 찾아오는 것이옵니다."

"……그래……. 걸핏하면 싸움터로 끌어가고, 걸핏하면 운력에 끌어가고…… 그러니 백성들이 어찌 견디겠느냐……."

"승려의 신분만 되면 싸움터에도 끌어가지 아니하지, 운력에도 나가지 아니하지, 그러니 기를 쓰고 승려가 되겠다고 찾아오는 것이옵니다."

"그러면 요즘도 나라에서 운력에 사람을 끌어가고 있디린 말이디냐?"

"예, 서라벌 성곽을 새로 쌓으라고 이미 어명이 떨어졌다고 하옵니다."

"서라벌에 성곽을 새로 쌓는다?"

"그러한다 하옵니다."

"허허, 이거 망국지병이로다!"

잠시동안 곰곰 생각을 하던 의상대사가 다시 제자 지통을 불렀다.

"이것 보아라!"

"예, 스님."

"너는 급히 지필묵을 준비해 오너라."

의상대사는 제자에게 지필묵을 가져 오도록 한 뒤, 감히 문무대왕께 상소문을 쓰는 것이었다.

"너는 이길로 이 상소문을 왕궁에 올리고 와야 할 것이니라."

"예."

"하루가 급한 일이니 너는 행여라도 도중에 단 한 시라도 쓸데

없이 지체해서는 아니될 것이다!"
"예, 분부대로 거행하겠사옵니다."

 삼국통일의 대업을 완수하고 당나라 군사까지 이 땅에서 몰아내는 데에 성공한 문무왕은 한동안 그 기쁨에 도취하여 왕궁을 더욱 화려하게 꾸미고 성을 새로 쌓는 등 왕실의 권위를 한껏 자랑하는 데에 여념이 없었다.
 바로 그때에 의상대사의 상소문을 받게 된 것이다.
"무엇이? 태백산 부석사에 있는 의상대사가 상소문을 올렸다구?"
"예, 그러하옵니다, 대왕마마."
"어디 보자, 그 상소문에 대체 무엇이라 써 있느냐?"
 문무왕은 의상대사가 올린 상소문을 펼쳐서 읽었다.

'대왕마마께 소승 부석사 의상이 감히 한 말씀 올리나이다.
 듣자옵건대 대왕마마께옵서는 새로 축성 공사를 착수하도록 어명을 내리셨다고 들었사옵니다.
 부처님께서 일찍이 이르시기를 그 나라 왕이 나라를 밝게 잘 다스리면 비록 풀언덕에 금만 그어 경계를 삼아도 백성들이 감히 넘나들지 아니할 것이며 재앙을 멀리 하고 복리를 증진하게 될 것이

로되, 그 나라 왕이 나라를 밝게 다스리지 못하면 비록 백 척짜리 높은 축성을 쌓는다 하더라도 재앙은 없어지지 아니할 것이라 이르셨사옵니다.

　바라옵건대 대왕마마께옵서는 도탄에 빠진 백성들의 처지를 가엾이 여기시사 서라벌에 성곽을 쌓는 일을 마땅히 중지하여 주심이 옳을 줄로 아옵니다!'

　의상대사의 상소문을 읽은 문무왕의 표정이 일그러졌다.
　"무엇이라구? 짐더러 감히 서라벌 축성 공사를 중지하라?"
　신하들이 이때를 놓치지 않고 의상대사를 비난하였다.
　"대왕마마, 일개 승려가 감히 대왕마마께 그런 불손한 언사를 함부로 올리다니 이는 마땅히 국법으로 엄히 다스려야 할 줄로 아옵니다."
　"알았소! 지금 당장 사람을 보내 부석사 의상을 불러오도록 하시오!"
　이렇게 왕명을 받은 의상대사는 하는 수 없이 왕궁으로 들어가는 도리밖에 없었다.
　"그래, 대사께서 분명 이 글을 짐에게 올리셨소이까?"
　"그러하옵니다, 대왕마마."
　"서라벌에 성곽을 쌓는 것을 당장 중지하라고 말이시오?"

"대왕마마, 빈도로 하여금 한 말씀 올리도록 윤허하여 주십시오."

"무슨 말인지, 어디 한 번 들어보도록 합시다."

"성은이 망극하옵니다."

"그래, 상소문에 쓰지 못한 말이 또 남아 있으시단 말이시오?"

"대왕마마, 소와 나귀도 일 년 농사철이 지나고 나면 겨울 한 철 잘 먹이며 편히 쉬게 하는 것이 도리인 줄로 아옵니다."

"그, 그래서요?"

"그동안 우리 백성들은 실로 장장 십수 년의 전란에 지칠대로 지친데다가 끊임없이 이어져온 축성 공사에 기진맥진, 그야말로 죽지못해 살아가고 있는 그런 지경이옵니다."

"죽지 못해 살아가고 있다니요?"

"지금 백성들은 헐벗고 굶주린 채 하루에 두 끼를 먹기도 힘든 지경이거늘 이런 백성들을 다시 불러다가 성곽을 쌓게 하는 일은 이들 백성들을 죽으라고 강요하는 것과 다를 바가 없사옵니다."

의상대사의 말에 문무왕은 금시초문이라는 듯 어이없어 했다.

"허허, 이런 괴이한 일이 있는가! 그동안 대신들이 짐에게 이르기로는 만백성이 삼국 통일의 대업을 이룬 데 크게 만족하고, 기꺼이 운력에 스스로 떨쳐 나서서 천 년 사직을 이어나갈 성곽 공사에 임하고 있다 하였거늘……."

 "아니옵니다, 대왕마마! 대신들이 그렇게 말씀 올렸다면 그것은 참으로 백성을 죽이고 나라를 망치는 거짓말이옵니다.
 십수 년간 전란에 지친 백성들이요, 수삼 년간 성곽 축조에 지친 백성들이며, 수삼 년째 초근목피로 연명해오는 백성들인데, 대체 무엇이 기쁘고, 무엇이 반가워서 스스로 성곽 축소 공사에 떨쳐 나서겠사옵니까?"
 "알았소이다. 그러면 대사는 짐으로 하여금 성곽 축조 공사를 중지하라는 말씀이시오?"
 "백성을 살리고자 하시오면 성곽 축조 공사를 멈추실 일이요, 백성을 죽이고자 하시오면 공사를 강행하시옵소서."
 "알았소. 대사의 진언을 반드시 시행토록 할 것이오!"
 문무왕은 그제서야 의상대사의 말을 바로 알아듣고는 의상대사가 직접 써올린 상소문을 읽고 또 읽고 하는 것이었는데, 그만큼 의상대사의 상소문에 감동을 받은 것이었다.
 "이것은 참으로 의상대사가 아니면 할 수 있는 말이 아니다."
 문무왕은 고개를 끄덕이며 입가에는 흐뭇한 미소까지 번지는 것이었다.
 의상대사의 상소문을 한참동안이나 들여다보던 문무왕은 한 구절을 소리내어 읽는 것이었다.
 "임금이 나라를 잘 다스리면 비록 풀언덕에 금을 그어 경계를 삼아도 백성이 결코 넘나드는 일이 없을 것이나, 임금이 나라를 잘 다스리지 못하면 제 아무리 높고 긴 성곽을 쌓더라도 결코 재앙을 면치 못할 것이오!"
 문무왕은 다시 한 번 고개를 끄덕였다.
 "그래, 그래. 의상대사의 이 진언이야말로 나라를 다스리는 자가 두고두고 금과옥조로 삼아야 할 일이다!"
 문무왕은 신하를 불렀다.
 "이것 보아라!"
 "예, 대왕마마."
 "서라벌 성곽 공사를 당장 중지토록 하고 노역에 동원된 백성들을 남김없이 고향으로 돌려 보내도록 하라!"
 "예, 대왕마마! 성은이 망극하옵니다."
 "그리고 오늘부터 당장 곡식 창고를 열어 노역에 동원된 백성들에게 한 달치의 양식을 주어 돌려보내도록 하라."
 "예, 대왕마마. 성은이 망극하옵니다."
 그리고 잠시후 문무왕은 다시 명령을 내렸다.
 "그리고 어서 가서 의상대사를 다시 모셔오도록 하라."
 "예, 분부대로 거행하겠사옵니다."

 문무왕은 참으로 그동안 잘못한 일을 크게 뉘우치고 의상대사

앞에 참회하는 것이었다.

"대사님, 과인이 삼국통일의 과업을 완수하고, 당나라 군사들을 내쫓은 일에만 너무 집착하여 참으로 백성들의 한숨 소리를 듣지 못하였고, 백성들이 흘린 피눈물을 보지 못하였습니다."

"아니시옵니다, 이제라도 바로 아셨으니 장하신 일이시옵니다."

"과인은 대사님의 경계 말씀이 아니 계셨더라면 백성을 죽음으로 몰아넣을 뻔하였고 천 년 사직을 멸망의 수렁텅이로 빠트릴 뻔하였사옵니다."

"부처님께서 이렇게 이르셨습니다.

'만백성이 편하면 나라가 부강하고 번성할 것이요, 만 백성이 편치 못하면 비록 백만 대군이 있어도 오래 가지 못할 것이다.'"

문무왕은 고개를 끄덕였다.

"그래서 과인이 대사님께 감히 당부드리오니, 천군만마를 호령하는 장군도 귀중하지만 천군만마를 살릴 수 있는 지혜를 주실 분이 소중한 것이니, 대사께서는 부디 오늘부터 이곳 서라벌에 머물러 계시며 과인에게 지혜의 길을 하교하여 주십시오."

"소승 이미 말씀올린 바와 같이 오직 부처님의 가르침에 의지하여 부처님의 지혜를 세상에 널리 널리 전하는 것을 낙으로 삼을 것이니 아무쪼록 대왕마마께서는 소승의 소원을 막지 마십시오."

"하오면 대사님께서는 기어이 다시 산속으로 돌아가시겠다는 말씀이십니까?"

"수백, 수천의 젊은이들이 두 눈을 크게 뜨고 기다리고 있으니 어찌 지체할 수가 있겠습니까!"

의상대사가 왕의 청을 단호히 거절하고 다시 부석사로 돌아와 보니, 그 사이 삭발출가하기를 희망한 젊은이가 근 이백 명에 이르고 있었다.

의상대사는 잠시 생각을 하다가 제자 지통을 불렀다.

"이것 보아라, 지통아!"

"예, 스님."

"저 아이들 가운데 참으로 부처님 제자가 되고자 해서 찾아온 자가 과연 몇이나 되겠느냐?"

"글쎄올습니다요. 소승이 보기에는 참으로 부처님 법을 구하러 온 자는 한두 명 있을까 말까, 그런 것 같습니다만……"

"그러면 나머지 젊은이들은 모두 다 싸움터에 끌려가지 아니 하려고 꾀를 낸 자들이다 그런 말이더냐?"

"개중에는 또 먹을 걱정 입을 걱정을 덜어보자 하는 자도 있을 것이구요."

"허면 저 아이들을 대체 다 어찌하면 좋을 것인고?"

"앞으로 싸움터에 나가는 일도 없을 것이요, 성곽 쌓는 일도 없을 것이다 하면 반은 돌아 갈 것입니다마는……"

제자 지통의 말에 의상대사는 고개를 끄덕였다.

"그래. 그러면 모두들 법당 앞으로 모이라고 그래라. 내가 직접 말을 해 주어야겠다."

"예, 스님. 분부대로 거행하겠습니다."

제자 지통이 물러나와 젊은이들을 법당 앞으로 모이게 했다.

법당 앞에는 바람이 몹시 불고 있었고, 모여든 젊은이의 웅성거림으로 법당 앞은 마치 시장터처럼 정신이 없었다.

의상대사가 주장자를 들어 쿵! 하고 내리치자 젊은이들이 모두 의상대사를 쳐다보았다.

의상대사는 다시 한 번 주장자를 내리친 후 말문을 열었다.

"자, 모두들 내 말을 잘 들으시오. 그대들은 아마도 싸움터에 끌려나가 죽거나 다치게 될 것을 염려하여 차라리 삭발하여 승려가 되자고 생각하여 찾아온 사람도 있을 것이요, 또 혹자는 축성공사에 끌려나가 돌에 깔려 죽거나 불구자가 되거나 혹은 또 굶고 지쳐서 죽게 될 것이 염려되어 그럴 바에는 차라리 삭발 출가하여 승려가 되자 하는 생각으로 찾아온 사람들도 있을 것이오."

모여든 사람들이 다시 웅성거리기 시작했다.

의상대사가 다시 주장자를 들어 내리친 후, 말을 이었다.

"말하자면 징병을 피하기 위해서, 혹은 운력을 피하기 위해서 그 방편으로 꾀를 내어 삭발 출가하려고 찾아온 사람들이 있을 것이다 이런 말인데, 만일 그런 사람이 있거든 숨기지 말고 어서 앞으로들 나오도록 하시오."

그러나 어느 한 사람도 선뜻 나서는 사람이 없었다.

의상대사는 잠시 기다렸다가 주위를 둘러보며 다시 주장자를 내리쳤다.

"내 감히 여기서 여러 대중들에게 공표하거니와, 나라에서는 당분간 싸움터로 젊은이들을 끌어가는 일이 없을 것이요, 축성 공사도 당분간은 없을 것이오. 그러니 여러 젊은이들은 다른 걱정 말고 오늘로 당장 고향으로 돌아가 노부모님 잘 모시고 부지런히 농사를 지어서 효도 하기를 바라오!"

젊은이들의 웅성거림이 다시 시작되었다.

의상대사의 말이 차마 믿기지가 않는 듯 서로들 고개를 갸우뚱거리며 얘기를 주고 받는 것이었다.

한 젊은이가 소리쳤다.

"대사님 말씀이 정말이십니까요?"

의상대사가 고개를 끄덕거렸다.

"조금도 의심하지 마시오! 대왕마마께서는 축성 공사를 당장에 중단시키시겠다고 약조를 하셨소!"

다른 젊은이가 다시 큰 소리로 말했다.

"그러면 이제 싸움터나 공사장으로 끌려가는 일은 정말 없겠습

니까요?"

 "없을 것이오! 그러니 조금도 걱정하지 말고, 어서 고향으로 돌아들 가시오."

 나라에서 싸움터로 끌어가지 않을 것이요, 축성 공사장에도 끌려가는 일이 없을 것이라고 하자 과연 반 이상의 젊은이들이 그날로 부석사를 떠나 고향으로 돌아가는 것이었다.

 그러나 아직도 백여 명의 젊은이들이 반신반의하면서 삭발 출가시켜 주기를 간청하였다.

 의상대사가 다시 제자 지통을 불렀다.

 "이것 보아라, 지통아!"

 "예, 스님."

 "너는 저 아이들 가운데 참으로 부처님 제자가 될 아이만을 어찌하면 골라낼 수 있겠느냐?"

 "글쎄올습니다요, 서로 자기만은 꾀를 부려 온 것이 아니라 참으로 부처님 제자가 되려고 왔다고 우기는 판이라……."

 의상대사가 잠시 생각을 하더니 제자 지통에게 말했다.

 "허면 내가 너에게 모든 것을 맡길 터인즉 사흘 안으로 참된 부처님 제자가 될 아이만 골라낼 수 있겠느냐?"

 "소승이 감히 무슨 수로 골라낼 수 있겠습니까요?"

 "사흘이면 족할 것이니 다들 법당 안으로 모이도록 하거라."

"예."

나머지 백여 명의 젊은이들을 법당에 모이게 한 의상대사는 젊은이들을 쳐다보며 주장자를 들어 세 번 내리쳤다.

그리고는 엄히 일렀다.

"여러 대중들은 다들 잘 들어라. 그대들은 죽기를 각오하고 삭발 출가하여 부처님 제자가 되기를 감히 원하는가?"

"예."

"그렇다면 명심해서 들어라. 오늘부터 그대들은 용맹정진을 해야 할 것인즉 용맹정진이 무엇인고 하면 가부좌를 틀고 앉아 눕지 아니하고, 잠자지 아니하고, 밤낮으로 보름동안 석가 모니불 정근을 해야 할 것이니 단 한 번이라도 자리에 눕거나 꾸벅꾸벅 조는 자는 그 길로 쫓아낼 것이다. 내 말 알겠느냐?"

"예."

젊은이들이 대답을 하자 의상대사가 제자들에게 일렀다.

"지통, 진정, 표훈은 지키고 있다가 만일 조는 자가 있거든 장군죽비로 사정없이 쳐서 내 쫓아야 할 것이다!"

"예."

용맹정진이란 가부좌를 틀고 앉은채 밤을 새워 수행하는 것을

말한다.

 등을 방바닥에 대거나 벽에 기대지도 못하고, 그렇다고 앉은채로 눈을 붙이거나 질 수도 없는 수행이 바로 그 이름도 무시무시한 용맹정진이니, 웬만한 신심이 아니면 단 하룻밤도 견디지 못하고 손을 들게 마련이었다.

 싸움터에 끌려가는 것을 면해 보려고, 운력에 나가는 것을 면해 보려고 부석사를 찾아왔던 젊은이들 가운데 하룻밤 용맹정진을 시키고 나니 걸음아 날 살려라 하고 도망질을 쳐버린 젊은이가 칠십여 명이었다.

 이틀째 용맹정진을 시키고 나니 이십여 명의 젊은이가 또 달아났다.

 사흘째 용맹정진을 시키고 나니 새벽까지 남아있는 젊은이는 겨우 세 명 뿐이었다.

 의상대사가 제자 지통을 불렀다.

 "이것 보아라."

 "예, 스님."

 "용맹정진 사흘 만에 몇 명이나 남았느냐?"

 "예, 아흔 일곱명이 제풀에 달아나고 지금은 겨우 세 명이 남았습니다."

 "백 명 가운데 셋, 아니 근 이백여 명 가운데 겨우 셋을 건진 셈이로구나."
 제자 지통이 의상대사의 얼굴을 쳐다보며 물었다.
 "저 세 아이들은 용맹정진을 며칠이나 더 시키도록 하올까요, 스님?"
 "이제 그만 방선하게 하고 푹 쉬게 해주어라."
 "예, 하오시면 저 아이들은 셋 다 받아주시렵니까요?"
 "정성이 그만하고 심지가 그만큼 곧으면 중노릇 잘 할 것이니라."
 이렇게 해서 의상대사는 또 다른 특출한 제자를 받아들여 문하에 두었으니, 의상대사의 화엄학을 더욱 계승 발전시키는데 크게 기여한 십대 제자로는 표훈, 진정, 지통, 상원, 오진, 양원, 도신, 신림, 법융, 순응 등이 있다.
 이들 제자들에 의해서 의상대사가 강설한 내용들이 후세에 자세하게 전해지게 되었으니 그 법맥이 참으로 대단하다 할 것이다.

18
당나라에서 온 서찰

의상대사가 중국 당나라 유학을 마치고 돌아온 지 만 이십 년이 지났을 때였다. 서기로는 691년의 여름이었다.

제자 지통이 급히 뛰어와서 의상대사에게 알렸다.

"스님, 스님, 귀한 손님이 찾아오셨는데요."

"귀한 손님이라니?"

"중국 당나라 종남산 지상사에서 스님이 한 분 오셨습니다."

"무엇이? 종남산 지상사에서?"

의상대사는 중국 종남산 지상사에서 스님이 왔다는 소리에 소스라치게 놀라는 것이었다.

중국 종남산 지상사는 의상대사가 십 년간 공부하고 돌아온 바로 그 절, 중국 화엄종의 총 본찰이었으니 말이다.

이윽고 중국에서 왔다는 스님이 의상대사 앞으로 와 섰다.

"대사님께 문안 인사 올리옵니다."
"어서 오시오!"
"소승, 중국 화엄본찰 지상사 법장대사의 분부 받들어 의상대사님께 문안드리옵니다."
"원로에 참으로 고생이 많으셨소. 그래 법장대사는 잘 계시는지요?"
"예, 법장대사께서는 중국 화엄종 3조로 존숭받으시며 화엄학을 널리널리 펴고 계시옵니다."
"그러실테지요. 스승이신 지엄화상께서 중국의 화엄은 법장에게 맡긴다고 하셨으니 법장대사야말로 중국 화엄의 맥을 이어 화엄종풍을 크게 드날릴 것이오."
 중국 스님은 품 속에서 무엇인가를 꺼내어 의상대사에게 내밀었다.
"여기 법장대사께서 의상대사님께 전해 올리라는 서찰이 있사옵니다."
"법장대사가 나에게 서찰을 다 보냈더란 말이시오?"
"예. 받아보시옵소서."
 의상대사는 반가운 마음에 얼른 서찰을 받아서 펼쳤다.
"오! 눈에 익은 이 필체, 묵향 또한 그윽하구료."
 의상대사는 법장대사의 서찰을 읽어내려갔다.

'어리석은 법장, 삼가 멀리서 인사 올리옵니다.

듣자오니 상인께서는 귀향지후에 화엄을 개연하시고 법계의 무진연기를 제망같이 중중으로 선양하여 신신불국에 이익을 홍광하신다 하오니 기쁘기 한량 없사옵니다.

여래께서 멸도하신 후에 불일이 더욱 빛나고 법륜이 돌고돌아 부처님 법을 오래오래 머물도록 하실 분은 오직 법사님이심을 알겠나이다.

행여라도 틈이 나시면 서찰이라도 보내 주시어 기쁨을 누리도록 은혜를 베풀어 주시옵소서.”

의상대사는 서찰을 접으며 얼굴에는 웃음이 가득했다.

"오! 참으로 구구절절이 옛정이 가득 들어 있구료.”

"우리 법장대사님께서는 당신에게 화엄도리를 눈뜨게 해주신 분이 바로 신라의 의상대사이셨다고 늘 자랑이셨습니다.”

"원, 무슨 그런 겸손의 말씀을……. 우리는 다 같은 지엄화상 문하에서 공부한 도반이었지요.”

중국 화엄종의 제3조로 추앙받고 있는 법장대사가 친히 의상대사를 상인이라 칭하며 문안 인사를 여쭌 서찰의 내용은 다행히 오늘까지 기록되어 전해오고 있다.

이는 당시 중국, 일본, 신라 삼국을 통틀어 의상대사의 화엄학이 얼마나 앞서 있었고 영향이 컸는가를 짐작할 수 있게 해주고 있다.

한 마디로 말해서 중국 화엄 본찰인 지상사의 법장대사까지도 우리의 의상대사를 큰스승으로 존숭할 정도였으니 당대 화엄학에서는 뭐니뭐니 해도 우리의 의상대사가 단연 으뜸이었던 것이다.

의상대사는 열 명의 제자들과 더불어 이 땅에 부처님의 화엄경을 널리 펴고자 태백산 부석사를 비롯하여 중악 공산에 미리사, 남악 지리산에 화엄사를 창건하신 데 이어 가야산에 해인사, 웅주에 보원사, 계룡산에 갑사를 짓고, 경상남도 고성 비슬산에 옥천사, 전주 모악산에 국신사, 그리고 부산 동래 금정산에 범어사를 지어 부처님의 화엄경이 이 땅에 고루고루 전해지도록 했으니 이때 의상대사가 지은 열 개의 사찰을 화엄십찰이라고 부르기도 한다.

뿐만 아니라 의상대사는 불영사, 삼막사, 초암사, 홍련암 등도 창건한 것으로 전해져 오고 있고, 이 밖에도 의상대사의 전설에 얽힌 사찰은 수없이 많고 많다.

특히 의상대사는 당시 신라의 서울 서라벌 중심만의 불교가 아니라 옛 백제땅이었던 지리산에 화엄사를 세우고, 전주 모악산에 국신사, 계룡산에 갑사, 웅주에 보원사를 세워 화엄경이 전국에 골고루 전파되도록 세심한 배려를 했음을 알 수 있다.

의상대사의 세속 나이 일흔일곱이던 서기 702년 초겨울이었다.

 밖에는 매서운 바람이 유난히도 심하게 불어대고 있었다.
 누워있던 의상대사가 곁에 있던 제자들 중에서 지통을 불렀다.
 "이것 보아라, 나 좀 일으켜…… 다오."
 "예, 스님."
 "내 아무래도 눈이 내려 쌓이기 전에 가야겠구나."
 제자들의 눈이 휘둥그레졌다.
 "아니 스님, 가시기는 어디를 가시겠다고 그러시옵니까?"
 "이것들 보아라."
 "예, 스님."
 "산 속에 눈이 내려 쌓이면 다비를 하는데도 애를 먹을 것이야."
 "아니, 스님 대체 무슨 말씀을 하고 계시옵니까?"
 "내 육신에서 온기가 떠나거든 여러 곳에 알리지 말고 간단히 태워 없애도록 하여라."
 제자 지통의 얼굴에 침통한 표정이 서렸다.
 "스님. 하오시면 머지 아니해서 열반에 드시겠다 그런 말씀이시옵니까?"
 "그래…… 우리 지엄화상께서 먼저 가 계시는 연화장 세계로 갈란다."
 제자 진정이 의상대사에게 물었다.
 "하오시면 저희에게 당부하실 말씀을 남겨 주십시오, 스님."

"귀만 밝아가지고는 아무 소용이 없다."

제자 지통이 고개를 갸우뚱거렸다.

"무슨…… 말씀이시온지요, 스님?"

"눈만 밝아도 아무 소용이 없기는 마찬가지야."

제자 진정이 의상대사의 말을 되내었다.

"귀만 밝아도 소용이 없고, 눈만 밝아도 소용이 없다고 그러셨습지요, 스님?"

"그래. 제 아무리 문수보살의 지혜가 있다고 한들, 실행하지 아니하면 아무 소용이 없는 법, 그러니 그대들은 보현보살의 행을 본받아야 한다."

"예, 스님. 명심하겠습니다."

의상대사는 제자들을 하나하나 둘러보았다.

"기왕에 수행자가 되었으니 잘 먹고 잘 입기를 바라지 말아라."

"예, 스님."

"기왕에 수행자가 되었으면 편히 자고 편히 쉬고, 편히 지낼 생각은 말아야 한다."

"예, 스님."

의상대사는 잠시 쉬었다가 다시 입을 열었다.

"마음을 비워라. 그리하면 모든 근심과 걱정이 사라지는 법. 행여라도 재물을 만지려 들지 말고, 행여라도 벼슬을 차지하려고 덤

비지 말아라. 재물과 벼슬 그 두 가지가 사람을 가장 추하고 더럽게 만드느니라."

"……예, 스님."

"부처님 제자는 무소유를 근본으로 삼고 오직 부처님 법을 재산으로 삼아야 한다."

"예, 스님."

"군더더기 말을 한 가지 덧붙이자면 근자에 버릇없는 승려들이 삭도물도 마르기 전에 신도들을 깔보는 못된 버릇들을 붙이고 있으니 그대들은 행여라도 흉내도 내서는 아니될 것이다."

"예, 스님."

"삭도물도 마르기 전에 신도들을 가리켜 처사니 속인이니 하시하고 반말을 놓하는 자는 죽어서 반드시 혓바닥이 없는 짐승이 될 것이요, 세세생생 과보를 면치 못할 것이다."

"예, 스님."

"계율을 제대로 지키지 아니하고 수행자의 본분을 다 하지 아니하면서 부끄러운 줄도 모르고 승복을 입고 있으면 그런 자는 마땅히 지옥에 떨어질 것이요, 세세생생 도산지옥 한빙지옥을 벗어나지 못할 것이니 그대들은 하루하루 스스로 되돌아 보아야 할 것이다.

'나는 출가 수행자로서 부끄러운 일은 과연 없는가' 스스로 살필

일이다."
　"예, 스님. 깊이 명심하겠습니다."
　"그대들은 세상을 속이고 중생들을 속일 수는 있으나 결코 부처님은 속일 수가 없으니, 이 점 부디 명심해야 할 것이다!"
　"예, 스님. 명심하겠습니다."
　"자, 그러면 나 먼저 간다. 연화장 세계에서 만나기로 하자."
　의상대사는 이렇게 마지막 말을 제자들에게 가볍게 던지고는 거짓말처럼 조용하게 눈을 감았다.
　"스님, 스님, 스니임—"
　스승을 부르는 제자들의 애절한 소리가 오랫동안 그치지 않았으나, 무심한 바람소리에 묻혀가고 있었다.